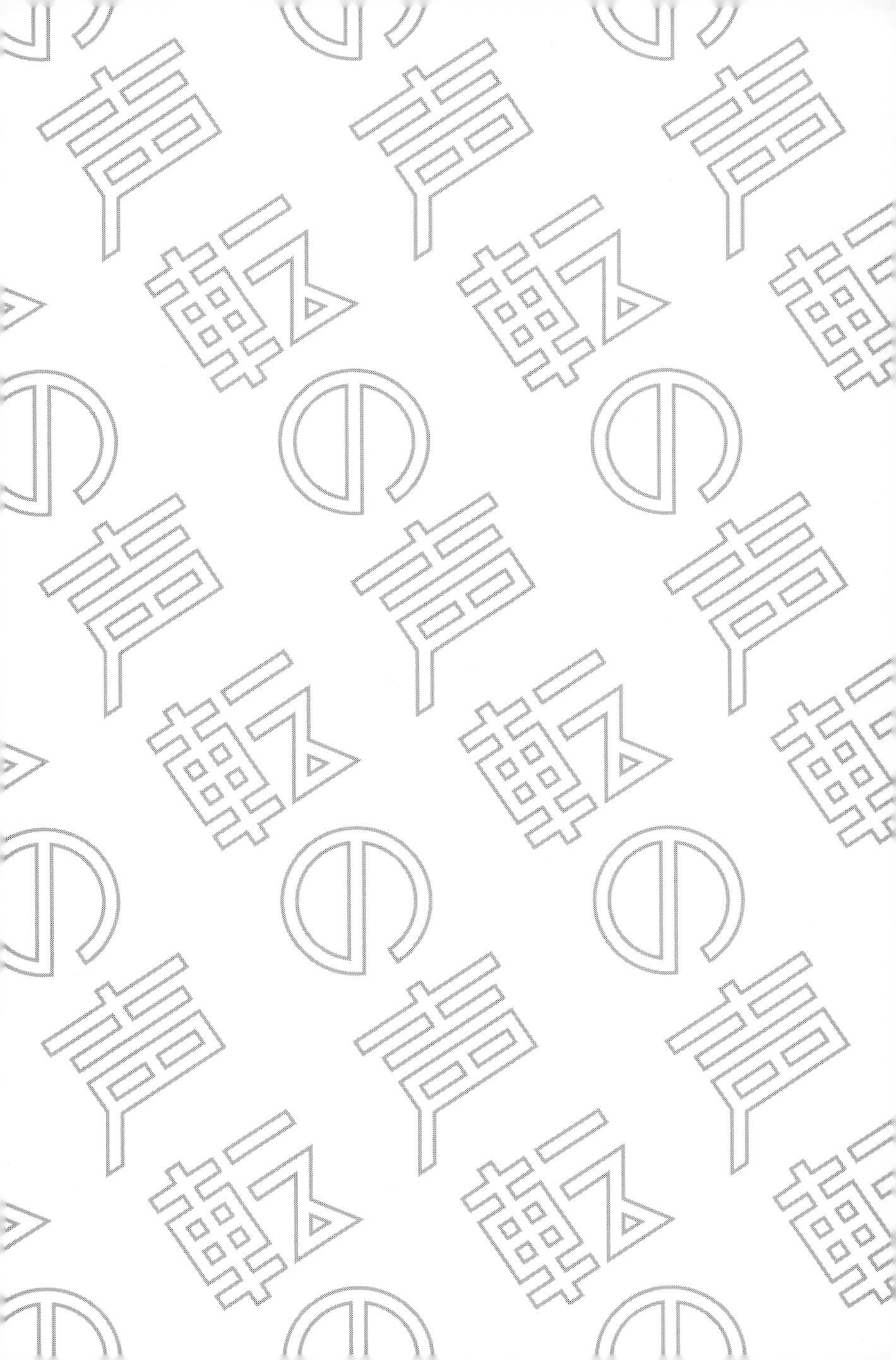

転の声

尾崎世界観

【Rolling→Ticket】の台頭とともに、ここ数年でライブチケットの転売に対する世間のイメージは激変した。アーティスト自身の力はもとより、チケットにプレミアが付くことでライブがより特別なものになる。プレミアによって感動は数値化され、保証される。アーティスト側がそのことを積極的に発信し始めたことで、忌避されてきた転売や転売ヤーに対するこれまでの見方が覆った。しかし、依然としてファンの好意を食い物にして不当な利益を得る昔ながらの転売ヤーも多い。そんな中、転売賛成派のアーティストたちが絶大な信頼を置くのが、音楽系ライブのチケットに特化した転売ヤーを数多く抱える、転売専門のマネジメント会社【Rolling→Ticket】である。

〝餅は餅屋、プレミアは転売ヤー〟というテロップが、画面いっぱいに映し出される。

カメラがスタジオへ切り替わった。いま最も関心のある話題を前に、ひな壇二列目の右端で左に重心を傾ける。首を捻りながら出演者用モニターを食い入るように見つめる自分の左肩から先が、ちょうど画面から見切れていた。デビュー当初はそれなりに注目を集めたものの、その後なかなか勢いに乗れず、新曲をリリースしても現状維持が精一杯。そんなバンドにとって、ライブチケットにプレミアが付くかどうかは死活問題だった。これまで表向きには転売に反対しながら、自分のチケットにプレミアが付くたび密《ひそ》かに湧き上がる喜びを嚙み殺してきた。もっと転売について知りたい。あわよくば有名な転売ヤーと繫がりたい。そうした願望は、今や焦りに変わりつつある。なので、渡された台本を読んでこの特集コーナーを知った時は、出演が決まった時以上に嬉しかった。【Rolling→Ticket】の紹介ＶＴＲが終わり、司会者とアナウンサーの簡単なやりとりの後、今度はメガネをかけた小太りの男が画面に映し出された。画面中央下には、男の声とともに、いちいち視聴者を馬鹿にしたかのような大きさのテロップが出ている。

「地力《じりき》のあるアーティストこそ、転売を通してしっかりとプレミアを感じるべきです。定価にプレミアが付く。これはただの変化じゃない。進化だ。だから、私は発展の展と書いてそれを【展売】と呼んでいます。良いものの価値が上がるのはごく自然なことで、それで得た自信がまた次の作品に反映される。チケット不正転売禁止法がなどと言いながら、いざ自分のチケットにプレミアが付くとそれが可愛くて仕方ない。子供なんて要らないとか言いながら、いざできたらできたで結局親バカになるのと一緒ですよ」

スタジオ中央で、司会者の男はうっすら笑みを浮かべたまま微動だにしない。メガネをかけた小太りの男が画面の中で話し続ける。得《え》ノ瀬《せ》券《けん》。エセケンの愛称で皆に親しまれているこの男が、【Rolling→Ticket】の顔でありすべてだ。各メディアに連日取り上げられ、今やその名は音楽業界のみならず、実に幅広い層に知られつつある。出てきた当初の叩かれようを思えば、こうした世間の反応こそが、エセケンが追い求めるプレミアそのものと言えるだろう。

「誤解されている方も多いと思うので、まずこれだけはちゃんとお伝えしたい。【Rolling→Ticket】所属の転売ヤーが転売で得た利益は、弊社と契約を結んでいるアーティストに限り、きちんと分配されています」

ワイプに抜かれる出演者たちはそれぞれ前のめりになって、小首を傾《かし》げたり、大袈裟に頷いたりしている。右隣に並んで座るバンドメンバーは全員がつまらなそうな表情をしていて、それがいつ抜かれるか、気が気でない。そればかりか、カメラの遥か奥、スタジオの隅でよそ見しながらぼうっと突っ立っているマネージャーを見つけて、彼らと自分との圧倒的な温度差を感じる。

「また、私が立ち上げから携わっているＳＮＳアプリ【Rolling→Voice】、通称「転の声」も好調です。【Rolling→Voice】は、これまであえて転売アンチの意見も積極的に取り込んできたことで、幅広いシェアの獲得に成功しています。元はＸ社のサードパーティー製アプリとして開発された「転の声」ですが、今や転売には欠かせない重要なツールとなっています。ここまで転売の良い面ばかり話してきましたが、もちろん、転売にだって悪い面はあります。まず、筋トレと一緒で、一度やり出したら歯止めが利かなくなる。プレミアに執着するあまり、チケットの販売価格に過剰な負荷をかけたり、付いたそばからすぐそのプレミアを見せびらかしたりしてしまう。その点、弊社所属の転売ヤーには、各アーティストの状態に合ったバランス良いサポートを心がけるよう、しっかりと指導を行っています」

再度カメラがスタジオに切り替わり、出演者の一人が画面に大写しになった。韓国発のオーディション番組から生まれた、六人組ボーイズグループのリーダーだ。彼は視聴者にもわかるよう、ゆっくり大きくス、ゴ、イと口を動かしながら、胸の前で小さく手を叩く。

「とにかく、良いものにプレミアを付けるのは、肩や腰をマッサージするのと一緒。買うか買わないか悩んでガチガチになったところ、まさに購買筋をほぐしてあげる。人は自分が欲しいものが欲しいのではなく、誰かが欲しいものこそが欲しい。この番組でもよく出演者の方が、失って初めて気づく系の失恋ソングを歌われてますよね。要はあれと一緒で、人は、売り切れて初めて気づく。私はあれが欲しかったんだと。それに、サブスク全盛のこの時代、やっぱりアーティストにとっての生命線はライブです。需要によってチケットの価格が変動するダイナミックプライシングというシステムもあるにはありますが、前売りですべて売り切ってしまう音楽ライブとは相性が悪い。もちろん一般発売後もチケットが残っているライブなんて論外。だから、餅は餅屋、プレミアは転売ヤーなんです」

ついに抜かれた。慌てて表情をつくってから、映っているのが別のバンドのフロントマンだとわかる。自分と同じく前髪が目にかかった彼は、ワイプの中で微動だにしない。

続いて、どこかのライブ会場前で収録されたインタビューが流れた。二十代と思しき若い男女が、プレミアの付いたチケットを笑顔でカメラ前に差し出す。

「チケットが取れないのはそれだけ人気がある証拠だから、まずそこで判断します。いくら音楽そのものが良くても、人気ないアーティストのライブに行くのは恥ずかしいし、時間と体力の無駄だから。まず最初に気になったアーティストのチケットが転売されてるかどうか調べて、ちゃんと転売されてたら、そこで初めてライブに行こうって思いますね。たまにわざわざ高いチケットを買おうとする意味がわからないって不思議がられるけど、グッズを買うのと同じじゃないですか。お金を払って買ったグッズを身につける。その人が身につけたTシャツとかタオルを見れば、どれだけそのアーティストが好きかわかるのと一緒で。でも、グッズって邪魔だなと思ってて。だからその分、チケットにグッズを身につけさせるような感じですね」

他にも数人の若者が転売について似たような考えを話し、最後には決まって、紙チケットやスマホの液晶画面に表示されたQRコードを自慢気に見せた。その表情はとても幸せそうだ。そして、彼らは転売されたチケットの価格を決して隠そうとしない。恥ずかしげもなく、むしろ嬉々としてそれを伝えた。

続いては【Rolling→Ticket】提供の週間プレミアムチケットランキング、【Rolling→Countdown】です！　今週もっともプレミアがついたチケットは!?　社畜ダンスでバズりまくりのあのお経系ヒップホップユニット!?　大ヒットアニメ「あの夏の線香花火が落ちるまで、何度だって出逢い直そうボクら」の主題歌を歌うあの国民的ロックバンド!?

スタジオ中が一斉にどよめくなか、ワイプに抜かれたアイドルグループのリーダーが、手で口を押さえながら大袈裟に目を見開く。

「それではいよいよ今週第一位、LIVE IS MONEY の皆さんです」

司会者が気の抜けた声でバンドを紹介し、ボーカルのハネダアガリに一位になった感想を求めた。劇場版主題歌の最新週間ストリーミング総再生数は、集計開始以来歴代最多の七千六百万回超え。元は漫画原作で、テレビアニメ版からじわじわ火がつき、劇場版は公開二十週目で興行収入三百五十億円を超えた。国内のみならず海外でも爆発的な広がりを見せ、今や社会現象となっている。そして、そんな大ヒット映画の主題歌を担当するLIVE IS MONEY のライブチケットは、平均取引価格が一枚につき四十八万四千円台と、驚異的な数字を叩き出した。

「エセケンさんには感謝してます。さっきのVTRでも彼が言ってましたけど、サブスク全盛の今だからこそ、ライブが生命線だと思っていて。バンド名もエセケンさんが考えてくれたものに変えたんです。そこでようやく覚悟を決めれたっていうか。今回のタイアップも、最近のチケットの動きが関係者の目に留まったことがきっかけなんです。とにかく今このバンドにとっては、エセケンさんの存在が凄く大きいですね」

その後も彼らのファンだと言うアイドルとのやりとり、新曲についてのインタビューなどがあり、番組としては異例の好待遇だった。

「最後に、じゃあ転売って一言で言うと何？」

司会者が抑揚のない声で訊ねる。

「今ですね。良い悪いじゃなくて、転売は今でしかない。反対意見があるのももちろんわかるけど、でもそれだっていずれ過去になっていく。だからこそ、今はこれが今なんです」

「それではスタンバイお願いします」

イントロを聴いただけで生演奏だとわかる。出演者が座るひな壇から観覧席まで、スタジオ全体が一気に熱を帯びてくる。バンドは迫力の生演奏で、あっという間にフルコーラスを歌い切った。尺は二分半のテレビサイズ、セッティングの手間や音声トラブルを避けるためにほとんどが当て振りの音楽番組において、これも異例の待遇だ。バンドそのものから上質なプレミアが滲《にじ》み出ていて、それが羨ましくてしょうがない。

「最後は初登場、GiCCHO《ギッチョ》でーす。それにしても凄い名前だね。これ横文字じゃなかったら完全にアウトだよ。いや横文字でも十分やばいけど」

台本通りの話題だ。思わず力が入る。

「あ、それに関してはちょっと言いたいことがあって、俺左利きなんですけど、子供の頃から周りの大人にそうやって言われることにずっと違和感があって。そういう違和感をぶつけていきたくて、バンド名にしました」

「へー。でもそれで名前が以内右手《いないみぎて》っていうのも面白いね。もしかして他のメンバーも全員左利きだったりして」

これも台本通りだった。それなのに、メンバー三人は苦笑いを浮かべながら首を横に振るのが精一杯で、まったく使い物にならない。

「右手を使うか左手を使うかってだけで、そこに自分の本質はない。ただ左手を使ってるってだけで、真ん中から外れてまるで自分が標準じゃないような気分にさせるあの言葉に違和感を感じるし、だったら逆にその標準を名乗ってやろうって」

「へー。じゃあそろそろスタンバイお願いします」

さっきまでこちらを向いていたカメラがパッと散っていく。歌い始めると、ただでさえ短いテレビサイズが一瞬で終わった。

「改めて、初出演、どう」

エンディングで出演者の列の端に加わるや否や、司会者から質問が飛んだ。突然のことで焦ってしまい、最高でしたと大声を上げるのが精一杯だった。

LIVE IS MONEYには遠く及ばないものの、GiCCHO初の地上波音楽番組生出演はそれなりにネット上を賑わせている。いくつかある関連のトレンドワードで最も目を引くのは〈GiCCHO最高でし〉だ。どうやら放送時間が足りず、途中でコメントが切れてしまったらしい。期せずして、コミカルでどこか親しみのあるこのフレーズが誕生した。

〈めちゃくちゃ緊張したけど楽しかったでし！　また出たいでし!!　やっぱり生は最高でし！！！〉

さっそくこのフレーズを使い、バンドの各公式ＳＮＳに投稿すれば、みるみる拡散されていく。これもデビュー時に焦って安売りせず、メディア露出もラジオや雑誌にしぼり、地道なライブ活動で地力をつけてきたからこそだ。満を持して出演した地上波音楽番組がもたらした効果は、たった二分半の歌唱にもかかわらず、面白いように連鎖した。各ＳＮＳのフォロワー増加数、楽屋前の集合写真へのコメントや「いいね」数、検索サイトにおけるキーワード検索数、TikTokの切り抜き動画、Xのタイムラインを埋めつくす「でし」「でし」「でし」。それらを眺めながら、一躍世界に見つかっていく喜びを噛みしめた。惜しむらくは、コアファンからの批判を恐れ、【Rolling→Voice】、通称「転の声」のバンド公式アカウントを作成していなかったことだ。今日の番組構成上、【Rolling→Voice】に注目が集まるのはごく自然な流れだろう。事実、LIVE IS MONEYのバンド公式アカウントは、この短時間でフォロワーが激増している。楽屋前のメンバー集合写真と共に、番組出演終了を伝える最新の投稿は、「いいね」を表す【転】がすでに四万を超えていた。

帰りの車内でもエゴサーチが止まらない。

顔の見えないネットの声をいつも気にしている。こちらの顔色ばかり窺《うかが》って決して本心を見せない、そんな周囲の人間の生の声とは違い、一切遠慮がない本音だからだ。だからこそエゴサーチには覚悟が要る。ライブの前後や、バンドから何か発表をした際は、徹底的にやらなければ気が済まない。とりわけ今日のように大きな露出後となるとなおさらだ。ゴミ箱に捨てられた誰かの使用済みティッシュを開くかのごとく、トレンドというおめでたい雰囲気に包まれたものの正体をひとつひとつ確かめる。まず初級者向けの「以内さん」、次に中級者向けの「以内君」、最後に上級者向けの「以内右手」と、自分に徐々に負荷をかけていく。ファンからの好意的なものから、たまたまテレビをつけていた一般視聴者による冷ややかなものまで、様々な意見を受け止めるたび、心がプルプル震える。

【GiCCHO 声】【GiCCHO 歌】【GiCCHO 調子】
【以内 声】【以内 歌】【以内 調子】
【ギッチョ 声】【ギッチョ 歌】【ギッチョ 調子】

これはトレーニングだ。たとえ周りからそんなもの見るなと言われても、決してやめられない。そうして鍛えた心がいつか自分自身を守ってくれると信じながら、さらに同じワード検索を三セットずつやった。

検索結果を見るたび心に鋭い痛みが走る。だが、そうして千切れた心は、やがて修復され、太くなる。そんなイメージを持って、追加でもう三セットずつくり返す。

〈以内右手、インタビュー空回りは想定内として、その後の歌は、まぁ、うん……はい……〉
〈GiCCHO のボーカル声出てなかったけど喉大丈夫か？　まだまだこれからなんだから大事にしなきゃ。ライマニは安定の口から音源でした！（何目線？）〉
〈以内さん声大丈夫かな〉
〈以内氏、相変わらず調子悪かったなぁ。でもやっぱり歌ってる時の表情がいいんだよなぁ。この画像の2枚目とか特に治安悪くてもう好きでしかない。声出てなくても顔で持っていけ

るってそれも才能だなぁ〉
プレミアを得るどころか価値が下がった。自分で作った歌を歌う、そんな当たり前のことでもできない定価以下の人間だということをまた突きつけられる。いつからか、歌おうとすると首に力が入り、声が詰まるようになった。ただの実力不足に違いないと、ひたすら練習をしたり、あえて音楽から一切離れてみたりもした。ボイストレーニングやジムにも通った。商店街にある寂れた整体院から、都心にある紹介制の心療内科まで、ありとあらゆる場所で様々な治療を試した。怪しい気功にも通った。生活習慣を見直し、サプリや漢方、抗不安剤など、飲めるものはすべて飲み尽くした。それでも症状は一向に改善しない。それどころか、治そうと試みることは、治らないという現実をより鮮明に突きつけてきた。その度、自分は歌えないのだという自覚もはっきりしていって、さらに歌えなくなった。今、世間では、多様性に目を向けて価値観をアップデートしていくことが、こんなに求められている。それなのに、歌い手は音源通りの歌唱や、年齢を重ねても衰えしらずの奇跡の歌声ばかり求められる。「老いを受け入れてゆったり暮らそう」などと励まし合う世間は、ひとたび歌手が持ち曲のキーでも下げようものなら、鬼の首を取ったかのごとく怒りだす。世間はこんなにも他者の苦しみをわかろうとしているのに、歌だけがその対象から外れている。プロなのに歌えない歌い手の苦しみは、プロなのに歌えない歌い手への軽蔑に飲み込まれてしまう。

〈さっきの生放送、インタビューの一番大事な部分がカットされてて笑うしかない。転売の未来の為に、あくまで無観客ライブについて話したいからインタビューを受けたのに。それは事前に番組側にも伝えていたし。これは番組側の裏切り行為でしかない。許せないし、許さない〉

〈これじゃまたすぐ定価に逆戻りだね。平成からまったくアップデートできてない証拠じゃん。こうやってまた「転売やプレミアに興味を持つことは決して恥ずかしいことじゃない」って声を上げてきた先人たちの勇気や努力が踏みにじられていく。とにかく、これはプレミアに対する紛れもないハラスメントで、絶対に許されざる行為だ。#プレハラ　#チケット不正転売禁止禁止法　#究極の無観客ライブ〉
#勝手にカット　#プレハラ　#チケット不正転売禁止禁止法　#究極の無観客ライブ
これらのトレンドワードが目に留まり、すぐに検索したところ、エセケンの投稿がバズっていた。「転の声」ではなく、より拡散力の高いXを選んでいることからも、番組側への強い怒りが伝わってくる。

〈だからテレビって信用できないんだよ 無観客ライブの話聞きたかったな プレハラか これねぇ チケットを擬人化して考えるとわかりやすいのかも せっかく高いプレミアのポテンシャルを持っているのに 常に定価らしく振る舞えって世間から抑圧され続けてきたチケットの気持ちを考えると 怖かったね頑張ったねって抱きしめたくなる〉

〈周りがそんな感じだから合わせるしかなくて、ずっと苦しかったし、悔しかった。そんな時、転売ヤーとしての新たな自分を解放してくれたエセケンさんには感謝しかない。これからはもう、メディアに頼ってばかりじゃなくて、転売ヤー自身でどんどん発信していかなきゃ。もうコソコソしなくたっていいんだから、変えていかなきゃ。これからも胸を張って転売していこう！　#プレハラ　#とある転売ヤーの決意表明〉

〈エセケンの言ってることもわからないでもないけど、テレビに出る以上、それはある程度覚悟しておかないとだよな。男でも当たり前にメイクする、みたいな感じで、純粋にそのアーティストが好きでも転売ヤーから買ったり、もっと自由でいいよな。〉

〈エセケンさんの怒りが痛いほど伝わってくる。いい加減変わろうよ。転売する側だけじゃなくて、それを買う側もずっと責められてきたことをまず知ってほしい。転売は絶対悪、買ったただけで同罪みたいなあの空気の中で、ずっと息が出来なかった。〉

彼の声は、こうして拡散されていく中でまた人々の声を集め、転売行為そのものにもプレミアを付ける。彼の存在が、間違いなく転売に対する世間の価値観を変えた。こうして他人のことを調べている間も、ネット上では絶えず自分に関する何かが書き込まれ続けていて、それをどうしても確かめずにいられない。ネット上には嫌というほど情報が溢れていて、最初は自分に関するものだけ見ていても、そのうち自分より上にいる誰かの情報を目にしていちいち自分と比べてしまう。そしてその傷を癒そうと、今度は自分より下にいる誰かを探しはじめる。自分を調べながら、結局のところ、他者を調べているのだ。

　家に帰ってすぐに三セット、シャワーを浴びてまた二セット、いよいよ明日だと意気込みもう一セットこなし、やっと眠った。

〈GiCCHO 一般、これ本当に売ってたのかレベルで消えた〉
〈GiCCHO……一般……東京以外ならワンチャンあるって思ってたけど甘かったか。よりによってこのタイミングで地上波初出演って……どうでもいいけど昨日以内さんビジュ爆発してた〉
〈GiCCHO 一般負けた。サイト入れなすぎて、もう途中から「只今アクセスが集中しており

ます」っていうバンドのチケット取ろうとしてるのかと思ったわｗ〉

あえて昼前に設定しておいたアラームより先に目覚めた。左手で枕元のスマートフォンを摑み、さっそくXと転の声でそれぞれ検索をかけた。午前十時のチケット一般発売を受けて、タイムライン上には落胆の声が溢れている。それでもまだプレミアへの挑戦権を得たに過ぎない。やっとここからが本番だ。

〈てかギッチョ一般一瞬すぎん？　てかもう転売出てるし。定価プラス３０００とかエグいから。てかこれ最終的に倍以上はいっちゃう？〉

せっかくの流れに水を差すような投稿だ。倍どころか、もっと遥か上を目指している。プレミアはどこをどう切り取るかが重要で、まだ安定しないうちは決して金額に触れてほしくない。無神経な投稿に憤りながら、さらにタイムラインを追う。

【求】【求】【求】【求】【求】【求】【譲】【求】【求】【求】【譲】【求】

【求】の数が増えるにつれ金額も上がってきた。渇き切った口から、よし、という声が漏れる。短文であれ、長文であれ、どの投稿も大事なのはその中の【求】と【譲】だけだ。一つ一つ目を通しながら、【求】の枯渇度を確かめていく。どの【求】からもまだ湿り気が感じられるのがやや気がかりだった。あれだけの露出があってこの程度なら、先が思いやられる。このままでは【求】に【譲】が追いつくのも時間の問題だろう。日本のトレンド。リアルタイム急上昇ワード。ちょっとバズったところで、その多くは二日ともたない。現にもう、昨日のテレビ出演に関する話題のほとんどが上書きされていた。それどころか、次週予告で発表された、同じく番組初登場の後輩バンドが新たに話題になっている。昨日話題になった証拠に、ちゃんとスクリーンショットをしておいて良かった。そんなことを思うのが情けない。

【求】【譲】【求】【求】【譲】【譲】【求】【譲】【求】【譲】【譲】【求】

わずか数十分のうちに、【譲】が【求】に迫ってくる。このままでは、プレミアが上がるどころか、値崩れも覚悟しなければならない。

〈友達と重複した為チケット譲ります〉

〈@nodoitaiyou　ぜひ譲って頂きたいです〉

〈@yoshi7777　わかりました、詳しいことは後でＤＭしますね〉

〈@nodoitaiyou　ありがとうございます〉
　また水差し投稿だ。せっかくのプレミアチケットなのに、どうしてこんなに業者じみた取引ができるのか。血の通ったファン同士の真剣なやりとりこそが、良質なプレミアを呼び込むというのに。でも一方で、ファン同士のやりとりには余計な思いやりも発生しやすい。相手の気持ちがわかる分、つい互いを思いやってしまうのだ。また、取引価格は定価に近ければ近いほど良いという風潮もあり、せっかくのプレミアを最小限に留めようとする傾向がある。そんなぬるい空気を切り裂いてくれるのが転売ヤーだ。転売ヤーが現れると、停滞していたプレミアは一気に活性化する。そのドライな業者感に刺激され、ファンたちはまた必死になってチケットを求める。だからこそ、業者じみたファンのことが許せなかった。
〈GiCCHO 転売出てて、金額書いてなかったからＤＭで聞いたら「えっ、逆にいくらだと思います？」って返ってきたのマジうざい。年齢かよ笑〉
〈GiCCHO さん、こんな一瞬で転売されるならキャパ増やしてくれ　これ転売買っちゃうよな……どんなにちゃんと声が出てなくても、やっぱりファンとしては生で聴きたいんだよ。それにしてもほんと自分らの人気度わかってなさすぎるんよな　とりあえず転売ヤーは死んどけ〉

チケット争奪戦に敗れた負け犬たちが、その怒りを転売ヤーに向けている。さっきまであんなにおとなしかったのに、共通の敵を目の前に、今はもう楽しそうですらある。こうして騒ぎ立てる人間は決まって行列の後ろにいて、先頭で何が起きているのかもわからず、チケットが取れなかったことにどこかほっとしている。自らの立場が転売ヤーによって一気に正当化されるからだ。そんな被害者意識を無料で手に入れられる上、見えない敵に怒りをぶつけることだってできる。

〈今日発売のチケットがもう転売されてるみたいだけど、皆さん絶対に買わないでください。もっと大きな会場でやれるように頑張るから、それまで待っててほしい。今日、次に叶えたいバンドの新しい目標ができた。今はただ、この悔しさをバネに頑張るしかない　以内〉

頃合いを見てXのバンド公式アカウントから投稿をすれば、予想通り、ものの数分で続々と称賛が集まる。

〈あぶないもう少しで買っちゃうところだった。以内さんっていつも欲しい時に欲しい言葉をくれるな。何より以内さんの言葉で言ってもらえたのが嬉しい。みんな我慢しようね。もっと大きい会場でやってくれるって！　やっぱりこれからもGiCCHOが原点にして頂点！〉

〈ていうか公式のTHANK YOU SOLD OUTって毎回違和感あるんだけど。チケット買えな

かった民としては感謝してないで謝って欲しいんだけど。以内君からの言葉は嬉しいけどさ〉

〈ねぇ待って以内さんと約束した。これってライブ行けないからこそできた約束だよね。そう考えたらある意味勝ち組じゃね？（異論は認める）〉

自分を揺さぶり続ける声の正体は、所詮この程度の人間の集まりだ。彼らはむしろ最初からこれを言いたいが為に、ただ興味本位で行列に並んだに過ぎない。それも、絶対に買えないと確信できるまで伸びた列の最後尾に。そして、並んだという努力にある程度満足すれば、あっさり列を離れる。こうした自己満層が嬉々として転売を嘆いている間に、本当に欲しい人間は黙ってもう転売ヤーから買っている。

〈GiCCHO ワンマンライブ「僕の左手は知りませんよね？」【譲】11/25 恵比寿シーガル　1枚【求】定価＋手数料　都合がつかず泣く泣く手放します。まだ未入金で整理番号も未確定のため、払込票番号をお伝えします。本当に観たい方に譲りたいので、GiCCHO への熱い想いを添えてＤＭお願いします〉

〈@music_loverz69

検索から失礼します……。

こちら、是非譲っていただけないでしょうか？　宜しくお願い致します！〉

〈@remusuiming_18さん　ありがとうございます。先ほどのポストにもありますが、まずはＤＭにてGiCCHOへの気持ちをぶつけて下さい。それから厳正に審査させて頂きます。お待ちしてますね！〉

いくつかある【譲】の中でも、特に悪質なパターンだ。チケット自体は簡単に手放すのに、チケットを手に入れた運だけはなかなか手放そうとしない。ただ偶然選ばれたに過ぎない凡人が、一丁前に人を審査しようとしている。第一、入金しなければ予約流れとして次に持ち越されるのだから、都合がつかないならそのまま流せば良い。だけどせっかくの所有権をタダで手放すのが惜しくて、せめて誰かに譲って感謝されたい。どうせそんな腹だろう。悪い声に揺さぶられながら、なおも検索を続ける。

〈【交換希望】GiCCHO11/25恵比寿シーガル　昨日初の地上波生出演で話題になったバンドの貴重なワンマンです。ライマニのワンマン、どこでも良いのでこれと換えてください！とにかく、どうしてもLIVE IS MONEYのライブに行きたいです。買い取りも可能ですので、お心当たりある方、金額の相談等ＤＭまでお願いします！〉

完全に食われた。声は容赦なく現実を突きつけてくる。やっと手にしたなけなしのプレミアも、あっけなく、より大きいプレミアの餌になり下がった。これもよくある事だ。その程度のプレミアなら、たちまちプレミアの食物連鎖の中に組み込まれてしまう。この交換希望者が求めているLIVE IS MONEYのチケットは、約一ヶ月前に一般発売済みにもかかわらず、こうして今も活発に取引がされている。検索窓に〈LIVE IS MONEYチケット〉と打ち込む。

すると意外にも、画面に表示されたチケットは定価を下回っているものも少なくない。思わぬ定価割れに一瞬頬がゆるむ。しかし定価割れで出品されているものはすべて、チケットではなく、チケット先行抽選の応募時に必要なシリアルナンバーだとわかった。全公演チケット即完売を受け、急遽発表された追加公演の先行抽選応募用シリアルナンバーは、主に五百円から二千円の間で取引がされている。

〈前回の公演もシリアルナンバー先行で当てました！　というか、今までシリアルナンバーで外した事はありません。他のシリアルナンバーよりも当選確率が高いと思われるため、多少割高になっています〉

中にはこんなものまであったが、決して馬鹿にできない。シリアルナンバーの転売は一つのバロメーターであり、高い目標だからだ。チケットのプレミアの伸び率は、ほぼ先行受付の初動で決まる。すでにこうして先行抽選自体が転売されている場合、その後のプレミアは約束されたも同然だ。何より、ライマニのプレミアには、いつもただならぬオーラがあった。なりふり構わずより高みを目指していく獰猛さと、手仕事で一枚一枚しっかり価値を染みこませていくような繊細さが、チケットの転売を通して伝わってくる。格の違いを見せつけられ、自身のチケットに付いた僅かなプレミアへの酔いもすっかり醒《さ》めていた。

再び各プレイガイドのチケット販売ページを開く。検索窓にGiCCHOと打ち込み、もう一度券売状況を調べる。一公演ずつ、下へスクロールするたび、完売とわかっていても、そこに【予定枚数終了】が表示されるまでは気が抜けない。千葉、仙台、長野、福岡、札幌、横浜、岡山、広島と見ていって、残すは新潟、大阪、東京だ。早く済ませてしまいたいのに、何となく悪い予感がして、なかなかスクロールできない。液晶にこびり付いた皮脂を指先で感じながら、どうしても新潟公演のページへ行けずにいる。数分後、目をつむって親指を動かす。新潟を飛ばして、まず大阪、東京と見ていく。スクロールした瞬間の微《かす》かな気配で【予定枚数終了】を確信した。なんだか覇気がなく、画面全体にチケットを用意できないことへの申し訳なさが漂っているのだ。それでいて、無事予定枚数を終了した誇らしさも伝わってくる。覚悟を決め、再び上から千葉、仙台、長野、福岡、札幌、横浜、岡山、広島とスクロールしていく。新潟の前で息を止め、おそるおそる親指で液晶を弾《はじ》いた。

悪い予感は当たった。画面の中にピンク色の三文字を見つけて頭が真っ白になる。

原因は未入金の予約流れだろう。一瞬で頭に血がのぼる。歯を食いしばってページ内の【次へ】をタップする。予想通り立見の箇所に【△】が表示されている。勢いで取ってみたものの、入金するまでの間に気でも変わったのか。その場で入金が確定するクレジット引き落としと違って、コンビニ支払いは予約流れが出やすい。運試しのおみくじ感覚で思いがけず取れてしまった。たしかに行きたいライブには違いないのだけれど、あくまで行列の真ん中からやや後ろ辺りの、絶対に安全な位置に並んでいるつもりだった。だから、いざ本当にチケットが取れてしまうと面食らう。〈こんなに好きなのにどうしてもチケットが取れない〉という感傷は無料で手に入るのに、実際ライブへ行くとなると、チケット代、システム利用料、発券手数料、交通費その他がかかる。また、このシステム利用料と発券手数料が厄介だ。これらの余計な出費が嵩《かさ》むと、せっかくの〈チケット争奪戦を制した選ばれし者〉感が薄れてしまう。それでも支払いをしようと、家を出て最寄りのコンビニまで歩き出す。最寄りと言っても、歩いて八分以上はかかる。歩いている途中でだんだんと疲れてきて、その疲れが立見でライブを見ている未来の自分とリンクし、行くのが面倒になる。と、そんなところだ。ライブが始まってしまえばどうせ皆すぐに立ち上がるのに、つくづく馬鹿らしく思う。売り切れていると立見でも良いから見たくなるし、立見だと後ろの方で良いから座って見たくなる。席が後方だと今度は前方で見たくなり、席が前方だと今度は最前列で見たくなる。これがスタンディングのライブになれば、座席が整理番号に置き換わり、より若い番号や前方ブロックを求めて躍起《やっき》になる。無いから欲しい、有れば要らない。そんなワガママな欲のせいで計算に狂いが生じ、チケットの余りが出る。たった数枚の予約流れでプレミアが台無しだ。思わず自分で買ってしまいたくなるのを堪《こら》えて、数分置きに残ったチケットの動きを確かめていく。まだ【△】は消えてくれない。そうしている間にも、今度は別の箇所に予約流れが出ていないか気になってくる。ついさっきまでシリアルナンバーの転売を次の目標にしていたことが、今は恥ずかしくてしょうがない。新潟公演に若干の予約キャンセルが出ていて、今ならまだチケットが買えます。バンド側からそうアナウンスしさえすれば、すぐに売り切れるはずだ。しかしそうとわかっていながら、それをプライドが許さない。【戻る】と【次へ】を交互にタップし続けているうちに、やっと【×】の表示が出た。それでも、数分後にはまた【△】が復活してしまう。これ以上売れ残れば、〝買える〟公演と見なされる恐れがある。その後も何度か同じ動きを繰り返しながら、徐々に【△】の力が弱まっていくのを感じて、スマートフォンの液晶画面を親指でグリグリ擦る。なかなか【△】にトドメを刺せないでいるもどかしさからか、さっきよりも表面にザラつきを感じる。その汚れは、やがて親指の腹と画面の間で小さな玉になった。液晶の上を曲がりくねる皮脂で描かれた道が、陽の光に反射して虹色に輝く。その間にも、東京公演のプレミアは順調に上がっている。しかし、東京公演のプレミアが上がれば上がるほど、新潟公演の予約流れが気になった。今この瞬間にも、予約流れに気づいた誰かに笑われているかもしれない。そんな焦りから、発作的に購入ボタンを押していた。次の瞬間、タイミング良く表示された【×】を見て、安堵と怒りが同時に込み上げてくる。

思うように上がっていかないプレミアに焦りを覚え、ブックマークしてある別のプレイガイドのサイトへ飛ぶ。ちょっとした痛み止めのつもりで、まだチケットが売れ残っている他のバンドの公演を探し出して、チケット購入申し込みページを開いた。こうしていつでも一般販売でチケットが買えるライブをやるのは、一体どんな気持ちだろう。画面に表示された【受付中】や【〇】を見つめながら、少しずつ痛みが引いていくのを感じる。二十四時間いつでも誰でも好きな時に定価でチケットが手に入るなんて、まるでコンビニだ。トイレだけ借りて何も買わずに出て行く奴。何も買わずに立ち読みをする奴。夏は涼みに、冬は暖を取りにくる奴。誰でも自由に出入りできるガバガバな箱で、ひたすら退屈な買い物だけがくり返される。何の緊張感もない、プレミアからほど遠い世界だ。まだチケットが余っているライブのリハーサルは、一体どういったモチベーションでこなせば良いのだろう。たとえチケットが余っていても、合間に休憩など取ったりするのだろうか。そもそも最初からずっとチケットが余っていれば、未入金の予約流れに心を乱されることもないのだから、それはそれで幸せなのかもしれない。そう思うと、またさっきの予約流れが気になってくる。もう一度検索画面に自分のバンド名を打ち込んだ時、皮脂でザラついた液晶画面は他人の肌の感触だった。チケットを買えなかった他人。誰かが買えなかったチケットに高値をつけて転売する他人。そのことに憤りながら定価でチケットを譲る他人。やっと取れたチケットを未入金によって流す他人。ザラついた液晶画面に、様々な他人を感じる。それでも指で触れて、プレミアを探す事をやめられない。

〈昨日テレビで初めてGiCCHO見たけど、なんかＣＤと声違くないか。あのボーカル、ちょっと生放送には向いてないいな〉

〈以内さん声大丈夫かな　無理しないで〉

〈以内さん完全に喉ぶっ壊れてるよね。もう戻らないのかも。生放送って全部見えちゃうから恐ろしい。それでもGiCCHOのライブには行くけどさ〉

一晩寝かせれば必ずネガティブな意見が増える。カレーと真逆で、二日目のエゴサーチは不味い。それでもまだ諦めきれず、ポジティブな声を求めて親指を動かし続けた。するとこの焦りに追い打ちをかけるような note の記事が見つかる。

【圧倒的な格差。それもバンドらしさ。私は私は彼の左利き!】

皆さんこんにちは。見ましたよ、昨日の放送を。冒頭からぶっ飛ばしてましたね。転売ね。うん、言ってることはわかる。わかるけど、なんかね。途中、妙なランキングが始まった辺りからは、もう勝手にせいっていう気分で見てたけど。そんな中、私の心にパッと一筋の光が差しました。そう、番組初登場の四人組ロックバンド「GiCCHO」です。転売まっしぐらの某売れっ子バンドと比べると、なんと可愛らしいことか。彼ら、そこはかとなく売れそうにないんである。あの圧倒的な格差こそ、「らしさ」なんじゃないかと。トークも、番組のトリを飾ったあの味のあるパフォーマンスも、そして最後の最後に放ったひと言まで、ことごとく持ってなさそう。でもだからこそ、私にとっての希望に思えてならない。ロックバンドって本来ああいうもんでしょう。できない人たちが集まって、薄汚いライブハウスでくだをまくみたいに音を鳴らして。それが転売だなんて、どうかしてる。そんな中、私の希望

a.k.a. GiCCHOのライブチケットが一般発売されるというじゃありませんか。お母さんみたいな気持ちでプレイガイドをチェックしたら、え……売れてる。あ〜よかった（花＊花　〜これで世代がバレる）。昨日のテレビの効果もあったんでしょう。だがしかし、今サイトを開いたら入金漏れで「受付中」になってる。う〜ん。彼ら、つくづく期待を裏切らない。もうすっかり左利きになっちゃいました（左利きというのは、そのバンド名にちなんだ、彼らのファンの総称なんです。これもまあ、なんと時代錯誤な……）。とにかく、これからもGiCCHOから目が離せない。

う〜ん、転売ね。転売か〜。これについてはまた書きます。

絵萌井あお

音楽ライターの絵萌井《えもい》あおは、大人気ポッドキャスト番組「人生エモエモ」のパーソナリティーも務めており、先日開催された番組イベントでは、なんと約一万八千人ものリスナーを集めた。それなりの影響力を持つ彼女によって、完全にトドメを刺された格好だ。今はとにかく、一刻も早くこのネガティブな気持ちを打ち消す為の、何か適当なプレミアが必要だ。指が勝手に、めぼしい後輩バンドのライブスケジュールを調べる。ちょうど今日の夜に渋谷でライブがあり、集客をしやすい土曜日という点がやや引っかかるものの、人気のない彼らを信じて、ボーカルの馬田《うまだ》に連絡をした。

「ちょっと以内さん、久しぶりじゃないですか。まさか来てくれるなんて。めっちゃ気合い入りますわ。今これ飲んじゃおっかな。せっかく以内さんがくれた酒なんだから飲まないわけにいかないでしょ」

楽屋内にいる対バン相手を意識してか、馬田のテンションはやたらと高い。本番前に顔を出したことを悔やんだ。

「ていうか以内さん、昨日見ましたよ。ヤバかったまじヤバかった。やっぱ生放送って、現場からのガチなリアルタイム感って感じで、たまらないんだよな。ほんと俺らの中から行ってくれてマジありがとうだし、今日以内さん来てくれて、次はお前らだ的なメッセージも今しっかり受け取ったし」

飲むとすぐ赤くなる馬田の顔が、疎《うと》ましくてしょうがない。楽屋からフロアに出ると、後方に置かれたテーブルに二人、前方下手《しもて》側のスピーカー前に一人、計三人の客がいた。ほどなくして一瞬BGMが上がり、すぐフェードアウトしていく。数秒の無音の後、爆音でSE

が流れ出す。馬田が率いるサブリミナル校歌は四人組バンドだから、たとえメンバーが客に一対一で付いても、一人余る計算だ。

「こんばんは俺たちがサブリミナル校歌です。昨日の生放送みた？　GiCCHOヤバかったね。俺らもかなり刺激もらったし、今よりもっとサブ校の生徒を増やして、必ずあっち側へ行くから」

馬田はわざとらしく間を空けて、こっちに小さく会釈してくる。

「ていうか今日三人しかいないけど、これってある意味最先端なんじゃない。だって無観客に限りなく近いよね。やっちゃおうかな無観客ライブ。決めた、いつか必ず無観客ライブやります」

フロアに乾いた笑いが起きる。馬田と目が合う。馬鹿らしく思いつつも全然笑えなかった。怒りか悲しみか、どちらともいえない感情が湧きあがる。重いドアを押してフロアから出て行く時、ステージから何度も馬田に呼び止められた。振り返らずに会場を後にする。

駅へ向かう途中、明治通り沿いに行列を見つけて足を止めた。エセケンが新たにオープンさせた【Rolling→100 SHIBUYA】だ。昨日、番組内の特集ＶＴＲで、転売ヤーによる転売ヤーの為の店だと紹介されていた。店の前にできたこの行列に並ぶことも、転売に必要な体力トレーニングなのだという。さらに行列の中で顔見知りになった転売ヤー同士が情報交換をするなど、交流の場にもなっているらしかった。もちろん一般客も利用可能で、店内に並ぶ商品はすべて百円で買える。そして、店の従業員は全員が転売ヤーだ。新人転売ヤーはまずここでアルバイトをしながら、定価とは何かを体に叩き込む。それと同時に、プレミアに対するハングリー精神も鍛えていく。対する客側も、まだ何者でもない転売ヤーの成長を見守るとともに、すべて百円の退屈な買い物を通して、プレミアに対する意識を高める。また、サイン色紙やペンなど、【Rolling→Ticket】のロゴが入ったそれら人気商品は、当然のように高額転売されている。

「ある時ふと思い立って、それで働いてみたの。そしたらやっぱ当たりで、すぐに金銭感覚がリセットされた。だって売っても売っても百円だから、嫌でも定価が入ってくるでしょ。転売でズレた金銭感覚を、百均で整えるっていうか」

もう閉店間際だったせいか、思ったより列は早く進んだ。それでも人でごった返す店内のモニターでは、まだ駆け出し転売ヤーだった頃、百円均一でアルバイトを始めたと語るエセケンのインタビュー映像が流れている。

段ボールを抱えた従業員がやってきて、棚に商品を補充し始めた。そこへ一斉に客が群がる。人の流れに押し出され、気づけば段ボールのすぐそばまで来ていた。棚に並ぶのが待ちきれない客たちは、段ボールから直にサイン色紙を取っていく。さらに押され、商品はもう目と鼻の先だ。ここまで来ると欲しくなってくるから不思議だ。段ボールの中から一枚手に取り、這うように通路へ出た。レジ前の列の長さを見れば、どの転売ヤーが人気かすぐわかる仕組みになっている。右端のレジが一際長い列を作っていて、中には買ったばかりの色紙にその場でサインを求める客までいた。一番短い列を選んで並ぶ。

「必ず有名になるんで覚えといてください」

新人転売ヤーらしき若い男は目をギラつかせている。そして、受け取ったレシートの裏にはマジックでサインが書かれていた。ポケットの中で見知らぬ転売ヤーのサインを握りつぶし、店を出て駅に向かって歩き出す。

「以上、今話題の転売をリアルに感じられるホットな場所、【Rolling→100 SHIBUYA】のご紹介でした。続いてはなんと、この転売ブームの火付け役である【Rolling→Ticket】代表の得ノ瀬券さんを、急遽スタジオにお迎えしました。よろしくお願いします」

「よろしくお願いします」

「さきほど紹介した【Rolling→100 SHIBUYA】もエセケンさんのプロデュースによるものなんですよね。あっ、ついエセケンさんと呼んでしまいました」

「ぜんぜんエセケンでいいですよ。そうです、あの店舗は私が運営させてもらってます」

「本当に、とてもユニークなお店ですよね。ありがとうございます、では遠慮なく。エセケンさん、今日はどうしても伝えたいことがあって来てくださったんですよね」

「はい、転売についてはもうだいぶ知ってもらってると思うので、今日はその先、無観客ライブについてお話ししたくて」

「無観客ライブと転売がどう結びつくのか、非常に興味深いです。はい、では存分に語って頂きたいと思います」

「ｎｅｗｓ∞」にエセケンが生出演している。アイドル上がりの人気キャスターが、わざとらしくエセケンの方へ身を乗り出す。

「そもそも日本はエンタメの価値が低過ぎる。すでに無観客ライブがスタンダードになりつつあるアメリカなんかでは、古くから個人によるチケットのリセールが認められていて、価格も自由に設定できたんですね。その結果、高く売る、高く買う、これが浸透していった。よく人生二周目とか言うじゃないですか。あれと一緒で、音楽ライブも今まさに二周目に突入したところなんです。これまで馬鹿の一つ覚えみたいに満員だけを目指してきて、そこには【観れる】と【観れない】しかなかった。でも無観客ライブによって、【観ない】という新たな選択肢が生まれたわけです。そして意外にも、観客側の方が積極的に無観客ライブに価値を見いだしている。一昔前、やたらとタイパタイパって言われてたけど、今は時間だけじゃない。疲れです。会場までの行き帰りはもちろん、ライブを観て感動するのだって疲れる。そう、感動って疲れるんですよね。そして何より、死ぬほどプレミアが付いたライブを観て、もしも自分が感動できなかったら……。これが怖いから、チケットは買うけどライブには行かない。ただ行かないいんじゃない。チケットを買った上で行かないということに価値があるんです。もう完全に次のフェーズに入っていて、プレミアの逆流ですよね。だから近い将来、日本でもきっと無観客ライブが主流になるはず。そしてまだ詳しくは言えませんが、世界初、究極の無観客ライブの開催を目指して、すでに着々とプロジェクトが進行中です」

「なんかもう、なんかもうですね。エセケンさん、ちょっと頭が追いついていなくて。あの、えーと、じゃあそもそもなぜ、アメリカでここまで無観客ライブが広まったんでしょう」

「コロナですね」

「なるほど。コロナですか」

「コロナ禍で、まず多くのアーティストが無観客配信ライブを通して新たな価値観に触れました。あれはただの無人じゃない、意思ある人々が作り上げた無人の会場は、〝まるで宇宙空間そのものだ〟これはカナダ出身の超人気シンガーソングライター【ジ・エンドオブマンス】が、初の無観客生配信ライブ後に出したコメントです。所詮、配信は配信でしかない。そんな否定的な意見も、彼の一言が一瞬でかき消しました」

「いやそんな簡単に覆るんかいって思ってしまいますが、それこそがアメリカなんでしょうか。ちなみにジ・エンドオブマンス、昔から大ファンなんですよ」

「そうなんですね。その一方で観客側も、決まっていたライブが何度も延期、中止を繰り返すなかで、次第に〈観たいのに観れない〉という状態にこそ価値を見出していきます。そして皮肉にもそのことが、ライブにさえ行かなければ、観客はアーティストと対等でいられるというのを浮き彫りにした。ちゃんとチケットを買って自分の席があるのに、あえてライブに行かないというその意思は、これまでライブに行ってアーティストから感動を与えられる一方だった彼らが、ようやく手に入れた一つの表現なんです。さらに、ライブ再開後もしばらく設けられた収容人数五〇パーセントの制限により、チケット代の値上げが加速したことも大きな要因ですね」

「なるほど。一つの表現ですか」

「そこでアーティストと観客、それぞれを繋ぐのがプレミアです。プレミアが、二つをどう繋ぐかと言うと、それは……」

エセケンが言葉に詰まり、スタジオに緊張感が漂う。

「繋ぐのはプレミアで、双方にとっての表現であり、また……」

「ここで一旦CMです」

CM明け、スタジオにエセケンの姿はない。キャスターは額に大粒の汗を浮かべながら、体調不良のため急遽エセケンが退席したことを告げ、視聴者に深々と頭を下げた。


全国ツアー前にいくつか大型フェスへの出演が決まっており、今日はその初日だった。チケット先行抽選の段階から応募が殺到する人気フェスで、転売も数多く見かけた。フェス出演は新規ファンを獲得するチャンスでもあるし、ここで爪痕を残して全国ツアーのチケットにさらなるプレミアを付けたい。それなのにどうも気乗りがしないのは、LIVE IS MONEYが初の大トリを務めることで話題になったこのフェス自体に、すでに高くプレミアが付いているからだ。自分たちがプレミアの一部に組み込まれ、歯車として回ることに、どうしても納得がいかなかった。

新幹線を降りて、ホームのエスカレーターに乗る。いちいち逆側に立たされるこの煩わしさで、体が現在地を思い出す。改札を抜け、地下のバスターミナルを目指す。いつ見ても同じ、ただ人が移動しているだけの、定価らしい景色だ。やや後ろをバンドメンバーが一塊になってついてくる。定価どころか、まるで消費税みたいな三人だ。

柱の陰から出てきた男が、手にした【Rolling→Magazine】とこちらとを交互に見比べている。【Rolling→Magazine】は、この数年で音楽雑誌が軒並み休刊を余儀なくされる中、あえて極端に発行部数を抑え、雑誌そのものにプレミアを付けるというコンセプトのもと創刊された転売専門誌だ。やがて仲間たちも集まってきて、雑誌を覗き込みながら話し合いを始めた。トレードマークである揃いのフィッシングベストを見れば、最近【Rolling→Ticket】で頭角を現している若手転売ヤーグループだとわかる。以前、WEB版の【Rolling→Online】で〈てのひらで転がす！　これまでのすべてを語り尽くす四万字インタビュー〉なる特集が展開されていた。彼らは音楽系転売ヤーグループの中でもとりわけバンドに強く、大阪を拠点としているため、関西出身バンドを手がけることが多い。そして、彼らが転売したバンドは、軒並み一年以内に東京進出を果たしている。このことから業界内で〈プレミアの東名高速〉と呼ばれており、一目置かれているらしかった。最初に柱の陰から出てきた男がこちらへ向かってくるのが見えた。まだ歩みは止めず、さりげなく速度を落として男が話しかけてくるのを待つ。男はたった十数メートル歩いただけで、マンガみたいな大粒の汗をかいている。適度に距離が詰まり、男が声をかけてくる。一枚ずつ取り出すのが面倒なのか、彼は肩にかけたトートバッグから色紙を束で出し、サインをねだった。転売だ。この色紙にサインをすれば確実に転売される。堂々と突き出されたのは、紛れもなく転売の手だ。アーティストに対する緊張や敬意を一切感じさせない、ただ価値を運ぶことに特化した空っぽの手。

この場合、色紙にサインを書くことは、転売ヤーとアーティストが契約を結ぶことを意味する。転売ヤーはまずサイン色紙の転売でアーティストの力量をはかり、それからやっとチケットの転売が始まる。最近はアーティスト側からの売り込みも多いようで、本来サインを求めてくるはずの転売ヤーの方がなぜか強気だ。それらもすべて、【Rolling→Online】の記事で知った。

男はもう一方の手で雑誌を持ち、親指で器用にページをめくりながら、こちらが反応するのを待っている。やがて、男の差し出した色紙の束が震えだす。緊張感を微塵《みじん》も感じさせない、色紙の重みに対する物理的な震えだ。途端にファンのあの真っ直ぐな震えを愛しく思った。

色とりどりの付箋が貼られているのは、【Rolling→Ticket】関係者が選ぶ数十組のアーティストが写真付きで掲載された〈転がる原石〉という特集ページで、彼らはどうやらこれをガイドブック代わりにしているらしかった。

「あ」

そこにGiCCHOのアーティスト写真を見つけた彼が、思わず声を漏らす。あの【Rolling→Ticket】に認知されている。体が熱くなった。このまま契約にこぎつければ、一気に莫大なプレミアが転がり込んでくるかもしれない。でも一方で、転売ヤーには頼らず、自力でチケットにプレミアを付けることにまだ執着していた。初めて自分のチケットが転売された時の、あの後ろめたい喜びと興奮と安堵が忘れられない。早くまたアレを自力で感じたい。そんな葛藤をよそに、彼は悪びれる様子もなく、写真の上に黄色い付箋を貼った。

「サインください」

正々堂々、挑むような声だ。たかだかマジックで引いた線になぜこうも執着するのかが不思議でならないと、サインを求められるたび思う。でもだからこそ、自分が書いたただの線が喜ばれることに、つい喜んでしまう。好意だって突き詰めればただの欲で、結局は汚い。

サインを書く手も、サインをねだる手も、それぞれ等しく不潔だ。でもこの厚ぼったいパンみたいな手に渡せば、何か起こる気がしてならない。

痺れを切らした男は、やや離れた場所にいる他のバンドメンバーに声をかけ始めた。三人は男を囲み、受け取った色紙に嬉々としてサインを書いていく。普段から自分の価値にろくに向き合いもせず、相手に与えさえすれば無条件に喜ばれると信じて疑わない。こんな人たちにプレミアが付くとは到底思えなかった。やがて、あと一人分のスペースが残されたサイン色紙が自分に回ってきた。まだ自分の力を信じている。だからこそこの余白が、今の自分に残された居場所だと感じる。でも書かないという選択肢にこそ価値があるとしても、今の自分はわかりやすく求められる喜びを選んでしまう。渋々空いているスペースを埋め、全員のサインが揃った色紙を男に渡す。

「あーす」

男は軽く頭を下げながら、礼のようなものを言った。

「宛名、宛名書くから名前教えてください」

せめてもの抵抗だった。すでに仲間のもとへ重心を傾けていた男の体が、重そうに止まる。まだサイン色紙のほとんどはこちらの手の中にあり、男は辛うじて端っこに指を引っかけた状態だ。やっぱりどうしても、たかが転売ヤーにナメられるわけにはいかなかった。

「宛名は」

「あ、高橋」

男が小さく答えた。宛名が入った時点で転売しにくくなるはずだ。ただ、本当に高橋である可能性がゼロではない限り、これ以上強くは出られない。転売ヤーは色紙をトートバッグにしまい、今度こそ仲間のもとへと歩き出した。その後ろ姿を眺めながら、空港の売店に並んだ土産用のキーホルダーを思い出す。まさひろくん。けんたくん。ゆうたくん。こうすけくん。ひろしくん。みゆきちゃん。ひろみちゃん。めぐみちゃん。ゆうこちゃん。えりこちゃん。数多《あまた》ある中から友達の名前を選び、買ったそれを得意気に渡した。何だかとてつもなく良いことをした気分でいっぱいだったけれど、後日その友達からお返しにキーホルダーを渡され、わざわざ自分の名前をぶら下げて歩く滑稽さと、自分の名が土産売り場に並ぶほど凡庸だということを思い知った。あれはきっと、お返しよりも仕返しだった。あのキーホルダーのように、様々な宛名入りのサイン色紙が売られているのを想像してみる。

男たちは、柱の前でもう次のターゲットを待ち構えていた。フェスのタイムテーブルから逆算した入り時間と新幹線のダイヤを照らし合わせているのか、しきりに改札と電光掲示板を見ている。やがてそれらしき集団がやってきて、よく見るとインディーズ時代から対バンをしていた顔見知りのバンドだった。彼らも〈転がる原石〉として、同じ特集ページ内に掲載されていた。男が改札付近まで駆け寄って、バンドのボーカルに色紙を差し出す。バンド側も彼らを認知しているのか、サインに応じながら、やけに低姿勢だ。外から見ているとどちらがサインをもらっているのかわからない。色紙を受け取り、男はまた所定の位置へもどっていった。その姿を見送るボーカルは、奥にいる仲間たちにまで頭を下げている。

やや離れた場所から一連のやり取りを眺めていた女子二人組が、口元を手で押さえながらボーカルの元へ近寄っていく。二人は手を握り合って一つになり、大きく目を見開いたまま、ガクガク膝を震わせて進む。呼吸を荒げ、一歩進むごとに奇声を発する。二人はやがてボーカルの前までたどり着く。片方が再び奇声を上げながらペンを差し出す。

「できるだけ大きくお願いします」

もう片方が肩にかけたカバンを小さく揺らし、そこへサインをねだった。いかにも仕事のできそうなマネージャーがすぐに割って入り、それを断る。二人は苛立ちを隠そうともせず、来た時とは違い、普通の歩き方でその場から遠ざかっていく。初めからそのスピードで来ていれば止められなかったのに。好きこそが正義なのだから、ただ真っ直ぐに好きを伝えるだけで良い。伝えたら伝えた分だけ届くと信じて疑わない。その濁りのない剝き出しの好きが、ひたすら迷惑なのだ。だから、「転売ヤーのせいで私たちまでサインもらえなかった」と憤る熱心なファンほど、サインをもらうのが下手だ。あくまで移動中のため極力目立ちたくない。かと言ってファンをないがしろにはできない。この二点さえ理解しておけばサインをもらえる確率はぐんと上がるのに、好きだからこそ、ことごとくその逆を行ってしまう。

それに比べ、転売ヤーの動きはとてもスマートだ。道を尋ねるような静けさで、地図を書いてもらうような素朴さで、目的を達成することだけに集中している。

エスカレーターで地下へ降り、薄暗いバスターミナルを見渡す。イベント名が書かれたボードを胸の前に掲げるスタッフを見つけて、その後ろに停まったマイクロバスに乗り込む。

〈缶バッジ交換希望【求】LIVE IS MONEY【譲】GiCCHO、ソラトリス、ココロコ or 定価〉

会場限定のガチャガチャの缶バッジが譲りに出されていて、早くも嫌な予感がした。顔を上げると、まだ米粒の警備員が両手を広げて、遠くの方から合図を出している。バスは入り口を示す立て看板の手前で減速しながら、カラーコーンで区画されたエリアを進んだ。巨大なステージの骨組みに覆い被さった黒いシートが風にはためいている。砂利道を弾みながら、飲食ブースのテント裏を抜ける。

関係者入り口の手前で信号にひっかかった。その先は一般客用の通路でもあるため、こちらに気づいた数人の観客が手を振ってきた。肩にかけたタオルを見ればすぐに他のバンドのファンだとわかる。友達に対するようなその手の振り方で、半分舐められているように感じた。決して目当てではないけれど、せっかくだし振っておくか。手首のスナップにそんな馴れ馴れしさが透けて見える。会場の入り口付近を歩く観客は、誰もが伸び伸びとしている。いつもステージから見ている窮屈そうなあの豆粒と違って、それぞれがはっきりと人間だ。彼らはゆったり移動しながら、身につけたグッズでこちらに好きを突きつけてくる。それが他のバンドのファンというだけで、言語も通じない不気味な宇宙人のように思えてくるのだ。好きなバンド以外に向ける彼らのまなざしは、驚くほど冷たい。それにしても、GiCCHOのタオルがなかなか見つからない。探しても探しても、さっき手を振ってきた観客が肩にかけていたタオルばかりが目につく。表面に大きくカタカナで「ライマニ」とプリントされた、この後メインステージの大トリを務めるLIVE IS MONEYのものだ。信号が変わり、バスが動き出す。何度見ても、色が同じというだけでついGiCCHOのタオルだと思ってしまう。まだちらちら観客を見ていると、遠くの方にやっとGiCCHOのタオルを見つけた。数年前に販売していたそのタオルは、離れた場所からでも、かなり色褪せているのがわかる。周りの観客が肩にかけた新品のタオルに比べ、使い込まれて体に馴染み過ぎたそれは、まったく主張がないせいでかえって悪目立ちしている。タオルの中で擦り切れたバンドロゴが痛々しかった。

バスは関係者受付の前で停まった。そこで手続きを済ませ、楽屋エリアへ向かう。等間隔に設置された楽屋用コンテナハウスの窓に、バンド名が書かれた張り紙がしてある。それぞれの楽屋前には、中央にパラソルを咲かせたガーデンテーブルセットがあり、GiCCHO の楽屋前で談笑していたバンドスタッフと軽く挨拶を交わす。隣の楽屋前でも、よそのバンドスタッフが談笑していて、よく見るとだいぶ強そうだ。誰もが半袖や短パンからタトゥーだらけの腕や足をのぞかせており、それが楽屋前の雰囲気作りに一役買っている。対してこちらのベンチに座っているのは、ほとんど個性のない、いかにも定価臭い面々だ。見た目に一切引っかかりがなくつるんとしていて、同じコンテナを使っているのに、心なしか向こうの方が大きく見える。決して自分で入れようとは思わないけれど、同じグループ内に誰か入れている人がいると、自分まで強くなった気がして良い。だからタトゥーなんて、ちょっと身近な他人が入れていればそれで十分だ。

タトゥーがさっそく効果を発揮したのか、取材クルーが隣の楽屋へ寄ってきて、タイミング良く中から出てきたバンドメンバーにカメラとガンマイクを向ける。その様子を眺めていると、猫背の男が一人向こうからやってきた。男はわざわざ取材クルーの輪の中を通って、顔の前で弱々しいチョップをしながら、ベンチの空いているところへ座った。取材クルーの冷ややかな視線も意に介さず、やがてGiCCHOのバンドスタッフと談笑を始めた彼は、いつもお世話になっているローディー河井さんの〝トラ〟だった。見たところ年は四十代後半から五十代前半、キャップからはみ出た髪やヤギのように伸ばした髭には、白いものが多く混じっている。体も大きく、それなりに悪い空気を纏いつつ、右腕には待望のタトゥーまで入っていた。ようやく一ポイントが入り、さぁいよいよ反撃だと隣の楽屋前に目を向ける。するとと何ごともなかったかのようにインタビューの続きが行われていた。タトゥーひとつでは決して揺るがない危険な空気を放ちながら、隣の楽屋だけがいつまでも賑わっている。おもむろに立ち上がった男は、またあの弱々しいチョップをしながらこちらにやってきた。

「はじめまして。今日はカワちゃんのトラで来ました。はい、トラだけに」

喫煙者特有の赤黒い唇をもぞもぞさせ、男が右腕を見せてくる。虎のタトゥーだ。言ってから腕を出すまでのスピードで、代役を意味する業界用語と自身のタトゥーのデザインをかけた、お決まりの挨拶だというのがわかる。虎はだいぶ色褪せており、すぐ下のハンコ注射の跡の方がよっぽど目を引く。隣でインタビューを終えた取材クルーが、こちらを見向きもせず通り過ぎて行った。

メインステージではあるものの、七バンド中二番手という微妙な出順だった。前のバンドが終わればすぐにステージの転換が始まり、それが済めばリハが始まる。本番までに客前に出るのを嫌い、リハをしないバンドもいるにはいるが、そんなのは確実に動員が保証されたほんの一握りだ。それ以外のほとんどが、本番までの数分でリハを行う。音のバランスの確認はもちろんのこと、予定時刻より早く音出しをすることでまだステージから離れた場所にいる観客を呼び寄せたり、本編のセットリストに入っていない曲を演奏することで早くから待機しているファンを喜ばせたりもできる。何より気になるのは客入りだった。これは人気投票における中間発表のようなもので、リハの客入りを見れば、もう大体の結果がわかってしまう。予想よりも多ければさらにやる気が出るし、予想よりも少なければそこである程度腹を括ることもできる。GiCCHOクラスのバンドにとって、リハはそうした痛み止めの役割も果たしている。下手袖からステージまで歩いて行って、中央に置かれたマイクの前で立ち止まる。いかにもリハらしいまだらな歓声を、観客たちが一斉にあげる。足元に貼られた蛍光イエローのカラーテープには〈GiCCHO VO〉と書かれており、後に控える格上バンドの名がその周りをぐるっと囲む。観客エリアは予想よりも閑散としていて、見るからに観客の数が足りていない。仕方なく、足りない観客に向けてワンコーラスを二曲分歌った。歌い終え、まばらな拍手を聞きながら、ステージ下手側の前方に頼りない人の流れを見つけた。じっと目を凝らせば、ちょろちょろと観客が入ってきているのが見える。その流れとライブの開始時間を照らし合わせるのが怖くて、袖に捌《は》ける際も、観客が一切目に入らぬよう努めた。

予定時刻を過ぎてイベントの公式ジングルが流れ出し、最後にバンド名がアナウンスされる。あらかじめ低く見積もっていたのに、それよりもさらに小さい歓声があがった。先に出て行ったバンドメンバーが所定の位置につくのを待って、ゆっくり歩き出す。すると、ステージ中央にたどり着く前にもう拍手が鳴り止んでしまい、つい早足になる。

こまめにしていたエゴサーチで、リハ時点の客入りで、ついさっき聞いた歓声で、大方の予想はついていた。

マイクの前に立つ。それなのに、なかなか前を向くことができない。風の音と鳥や虫の鳴き声、そんな自然ばかりが聞こえる。

「ガンバレ」

黙っているせいで緊張していると思われたのか、どこからか野次が飛ぶ。ついカッとなり、声のした方を睨んだ。やっぱりハゲていた。観客エリアにまだらハゲができていて、あちこちで地面が剝き出しになっている。人がいる部分より、人がいない部分にばかり目が行く。屋内で行われる冬フェスの場合、全体が暗くて客席エリアの様子もはっきりしないため、どのバンドも何となく満員に見えてしまう。それで自信をつけた一部のバンドが、こうして夏フェスの日中のステージで現実を突きつけられるのだ。

かわいそう。観客エリアの中央よりやや手前、ＰＡテントの後ろ辺りがごっそり空いているのを見て、まるで他人事のようにそう思った。観客は居れば居るだけ良い。だからどれだけ増えても構わないし、ジャガイモだと思う必要などない。本当の緊張というのは、大観衆を前にしてではなく、居るべき所に人がおらず、そのせいでぽっかり空いた穴の前でするものだ。

こんなにも苦しいのに、五十分の持ち時間がある。

遠くの方で動いている米粒が、すでに観客エリアから出て行こうとしている。よく見ると他にもいくつかの米粒が同じような動きをしていて、ハゲは今後さらに拡がりそうだ。

仕方なく、終わらせるためにライブを始める。一曲目の歌い出しから、声が詰まってうまく出ない。漏れた息だけがマイクに当たって、出したかった声の形に声帯が歪む。観客の反応は鈍く、挙がった手もどこか萎びて見える。つい、人と人の隙間ばかりを見てしまう。

自分が求めていたプレミアには程遠く、すべてが目の前の観客エリア内にゆとりを持って収まってしまっている。そんな状態で、観客に何を語りかけるべきかがわからなかった。一曲目が終わり、本来であればMCをすべきところで無言のまま時間だけが過ぎていって、その間もずっと自然が聞こえる。次の曲でも声は詰まった。どんなに力を込めても、息はまるで声にならない。誰かに転売されてさえいれば、こんな自分を許せるのに。観客はどんどん出ていってしまう。心なしかステージ上手の端がさっきよりも空いている気がする。記憶と照らし合わせながら、その空き具合を測っていると、今度は歌詞が飛んだ。

風が吹いて流れる汗を冷やした。鋭く陽が射した。こんなにも夏フェスなのに、横並びで他のステージに大した競合バンドがいない事もタイムテーブルで確認済みだったのに、満足に観客エリアの隙間を埋めることができなかった。

最前列で柵にしがみついたまま、こちらに一切の興味も示さず、うんこを我慢してる時の顔をした人間と目が合う。地蔵だ。彼女は真顔で、このステージのトリを務めるLIVE IS MONEYのバンドロゴが大きくプリントされたタオルを握りしめている。地蔵だ。ついにこの時が来た。体中から力が抜け、目が泳ぐ。

そして、あのパズルゲームを思い出す。フェスはぷよぷよだ。いかに自分たちに好意を持つ客たちを連鎖させるか。客と客を繋げて、より大きなうねりを作ることができるか。客もまた、その連鎖に積極的だ。横が手を挙げていれば、自分も手を挙げる。そうして連鎖そのものに連鎖するから、ある程度のファンを連鎖させればもう会場のほとんどが繋がってしまう。だからこそ、いかに地蔵の侵入を防ぐかが鍵になってくる。前方エリアに地蔵がいることで連鎖の素が破壊され、格段にノリが悪くなるし、地蔵の侵入を許したというだけで、エリア全体の士気も一気に下がってしまう。確実に前方エリアが埋まるほどのファンを持たないバンドは、必然的に地蔵との戦いを強いられる。モッシュやダイブをするついでに、蹴りや肘を入れて地蔵を打ちのめす。そんなファンを持つパンク、ラウド系のバンドも、あいにくこの日のタイムテーブルにはいなかった。

地蔵はしっかりと最前をキープしたまま、微動だにしない。目の前の柵に被せたタオルを握りしめて、悲しいくらい晴れた空を見ている。この後に出てくるバンド、言わば未来を見つめるその目なのに、とても虚ろだ。目当てのバンドを前にすればどうせ壊れた人形みたいになるのに、今はそれをサボっているため、ただの障害物にしてはやけに人間らしくて放っておけない。地蔵はただの通行人などと違い、同じ音楽好きにもかかわらず自分たちを選ばなかったという、明確な意志を示してくる。その時、もう見飽きたタオルのちょうどロゴ部分が風でめくれた。

まだ半分以上残されたセットリストを思い浮かべているうちに、イントロからAメロまでがあっという間に過ぎていく。何度か小さなゲップが出て、さっき食べたカレーの臭いがした。カレーは決してこんな臭いじゃないのに、なぜカレーそのものを嗅いだ時よりカレーっぽいんだろうと思いながら、口ではもうサビを歌っている。Bメロからなんの昂りもなく、こんなに平べったい気持ちでサビを歌うボーカルも珍しいよな。そんなことを考える余裕があるのはもうサビを歌い終えているからだ。間奏は一瞬で、バイトの休憩時間を思い出す。あれはいつも本当に一瞬だったと、二番のAメロに入ってもまだダラダラこんなことを考えている。観客エリアの遥か後方に立ち並ぶ屋台で、誰かが何かを買っている。あれはきっと熱い食べ物だ。商品を受け取るその手の感じから、食べ物の熱が伝わってくる。どうしてあんなものばかり見えてしまうんだろう。視力が良いということが、今はこんなにも悲しい。それから仕事のこと、恋愛のこと、実家の家族のことなどを考えた。歌いながら考えて、間奏中はもっと集中して考えた。

「今日はありがとう。暑いから、ちゃんとこまめに水分補給するように。あと、周りに体調悪そうな人がいたら、手を挙げて係の人に教えてあげてください。えっと、じゃあ、暑いんで、次の曲やります」

なんだか場内の係員みたいなＭＣをしてしまった。そのせいか、拍手もさっきよりまばらだ。その音がまた、いかにも係員の呼びかけに対する拍手らしい。再び演奏を始める。空気がどんどん乾いていって、カサカサになった音は出たそばから減衰してしまう。

よくライブ中に何かが降りてくると言うけれど、それとは逆に、自分の中から自分が降りていくのを感じる。じゃあ残ったこの自分は一体何者だろう。わからないまま、それでもライブを続けた。

最後の曲のイントロで、この日一番多く手が挙がった。ここ数年フェスのセットリストから外せない定番曲だ。ところどころ地蔵に連鎖を阻害されながらも、待っていたとばかりに観客たちが大きく波打つ。心なしか声も出てきたように思う。

歌いながら、前から十列目辺りで肩車をされた金髪の男と目が合った。赤らんだニキビ面の男は何かを引き受けたように頷き、すぐにこちらに背を向ける。すると演奏に合わせ、両手で何かを掻き抱くような動作で、後ろの観客たちを煽り始めた。ディッキ族だ。有名ワークカジュアルブランド「ディッキーズ」のハーフパンツを穿き、モッシュやダイブをくり返す一部のライブキッズには、かねてより手を焼いていた。肩車をされた金髪の男に煽られ、似たような観客たちが一斉に後ずさる。やがて、周辺に巨大なサークルができあがった。その円は大きければ大きいほど良いらしく、ただでさえ寂しい客席エリアがもっと寂しくなる。ディッキ族たちはこちらの気も知らないで、サビに入ると同時に、ぽっかり空いた穴目がけて体ごとぶつかっていく。さっきまで肩車をされていた金髪の男も満面の笑みでサークルの中へ消えた。生涯決してオリジナルを生み出すことなく、誰かが作ったもので退屈を紛らわすだけの人生が、サークルの中で爆《は》ぜる。つくづく、こうした人間たちがマーケットを支えていて、自分はそんなマーケットに全力で寄りかかっているのだと実感する。

もう曲は終わろうとしていて、高速で打ち鳴らされるドラムのシンバル、殴りつけるようなベースのストローク、音程にすらならないリードギターの激しいフィードバックに包まれる。俯いたまま歯を食いしばり、Gのコードを押さえてギターを掻きむしった。そうして壮大なエンディングを演出しながらも、終了を待たずに出て行こうとする観客に気を取られてしまう。最後の一音を鳴らすと同時に、目の端では、左右それぞれに設けられた出口へと移動する人の流れを追いかけている。すると今、自分が車か何かに乗っていて、前方へ向かって押し流されているように思う。エリア外へとさらに加速する観客の流れは、猛スピードで窓の外を流れていく景色だ。その中でしっかりと自分の立ち位置をキープしたまま、地蔵だけが微動だにしない。

全員で最後の一音を合わせ、寂しい拍手を浴びながら軽く頭を下げる。下手袖まで捌けながら、足で踏むたび、ステージ上の板がやわらかくたわむ。アーティストがこんなに頼りないものの上に立っているということを、観客は決して知らない。次の転換に向けてステージ裏が活気づき、袖で待ち構えていたスタッフから真っ白いタオルが手渡される。でも、それで拭くべきものが、自分には一切ない。

「お疲れ様です」

声のした方を向く。スタッフに紛れて後輩が立っていた。GiCCHOが初めて音楽番組に生出演したあの日、次週予告で出演が発表され、話題になっていたバンドのボーカルだ。まだ彼らがインディーズだった頃、何度か飲みに連れて行ったこともある。深々と頭を下げてくる彼に曖昧に頷き返しただけで、足早にステージ脇のスロープを降りた。楽屋エリアのあちこちに立つパラソルとパラソルの間を進む。小さな子供が向こうから鼠花火みたいに走ってきて、また戻って行った。すでに出番を終えた出演者が、父親らしい顔でそれを見ている。

ステージ上では偉そうに観客を煽っておきながら、すぐ真裏の楽屋エリアで子供を遊ばせるその神経を疑う。楽屋に入るなり、メインステージでサウンドチェックが始まった。さっきまで深々と頭を下げていたとは思えないほど太々しい、彼の歌声が聞こえる。声は振動となって楽屋全体を揺らす。リズムに合わせて机がガタガタ音を立てている。声はどこまでも伸びていき、振動が止まない。彼の本性を見た気がした。さっきもステージ袖で、終始微妙な先輩バンドのライブを観ながら、自信を得ていたに違いない。首筋と背中に嫌な汗をかいているのに気づく。今こそ必要なのに、タオルはもうない。

送迎のマイクロバスが停車する駐車場へ向かう途中、ステージの方から爆発が聞こえた。自分が浴びたのとは比べ物にならないその声の集まりは、せっかくの酔いを一気に醒ました。アタック映像の後にバンド名がアナウンスされ、また爆発が起きる。思わず目を閉じれば、瞼の裏に、今日嫌というほど目にしたあのタオルがチラつく。ざわめきが何重にも折り重なり、何万という人の息を感じる。会場の盛り上がりは最高潮だ。演奏が始まる前にこの場から立ち去ろうと、マイクロバスの方へ駆け出した。聴き覚えのあるイントロが鳴り、無数の人間が息を吸う気配がする。息はすぐに吐き出され、演奏をかき消すほどの大歓声になった。

ようやくバスに乗り込んでも、まだ声は消えてくれない。それどころか、今度は数万人のジャンプがバスを揺らす。自分以外のすべてが揺れている。バスはまだ発車しない。サビ前でボーカルが何かを叫び、またしても大歓声が上がる。思わず両耳に人差し指を突っ込んだら、自分が聞こえた。じゅわじゅわ脈打つ自分の内側の音が逆流して、一瞬、ライブの音が完全に消えた。それでも音はすぐに指先から染み出してきて、あっという間にすべり込んでくる。耳の中で人差し指をかき回しながら、その音を追い出そうとする。ようやくバスが動き出した。体が後ろに引っ張られ、ぱちぱちと砂利が爆ぜる感触が尻に伝わってくる。次の曲のイントロと共に上がった新しい歓声を聞きながら、両耳に突っ込んだ指を動かし続けた。

〈GiCCHO 後ろでまったり見てるけど以内さん声出てないな。なんならすぐそこにある屋台のお兄さんの方が出てるまである笑〉

〈以内さん声大丈夫かな〉

〈以内さん声どうした？　聞こえない。となりの人が、おい以内どうした楽屋にコエ忘れてきたかって言ってて一生笑ってる〉

目から入ってくる情報が、心を直にアスファルトに擦りつけるみたいな痛みを連れてくる。しかし心の場合、肉体で感じる痛みと違って、そこに実際の痛みが感じられないことが何より痛い。早く痛み止めが欲しくて、検索窓に様々なキーワードを打ち込む。なかなか思うような投稿が見つからず、それどころか、かえって余計な投稿ばかり目につく。それでも、喉に来るタイプの風邪をひいた時、痛むと分かっていながら何度も飲んでしまう唾みたいに、検索することをやめられない。顔を上げて車内を見渡す。バンドメンバーもエゴサーチをしているのか、三人それぞれの顔が薄暗い車内にぼうっと浮かび上がっている。彼らが同じ投稿を見ていると思うと、また別の怒りが込み上げてくる。あ。あ。あ。声は出ている。喉の中心に、声帯が震えた感触がまだ残っている。あ。意地になってもう一度声を出す。あ。スクロールするたび、また声を出す。あ、また声のことが書かれている。あ。でも、やっぱり声は出ている。あ、フォロワー十四人の雑魚《ざこ》に声のことで何か書かれている。あ。この通り、声はちゃんと出ているのに。あ。こいつはフォロワーがたった十四人しかいないのに、よく生きていられるよな。あ。そのことをこいつに直接伝えてやりたい。あぁ、そしたらこいつはどんな顔をするだろう。まだ諦めきれず、親指だけを動かして更新とスクロールをくり返す。この苦しみをかき消してくれる良い声が、きっとどこかにあるはずだから。そう信じて、更新とスクロールをくり返す。あっ、誰かがチケットを探している。

〈GiCCHO ワンマン探しています。定価以上でも可。その場合は一度ＤＭで相談させてくだ

さい〉

やっと見つけた痛み止めを、スクリーンショットして保存する。痛みには、何よりプレミアがよく効く。終演後は、その日のライブの内容よりも、次の公演のチケットについて言及される方が遥かに気分が良い。過去より未来だ。たとえどんなに無様なライブをしようと、チケットに一円でも高く価値を付ければ勝ちだ。

暗がりに列をなす鈍い足取りが、駅の入り口に続々と吸い込まれる。フェスに参加していたであろう観客風のグループも数組見かけた。改札へ向かう途中、柱の陰からまたフィッシングベストの男が出てきた。高橋だ。高橋はとくに悪びれる様子もなく、そそくさとトートバッグからサイン色紙の束を取り出す。彼が出てきた柱の奥には相変わらず数人の仲間がいて、その中に一際オーラを放つ人物がいる。

高橋は歩きながら、空いている方の手を使って器用にマジックのキャップを開けた。受け取った色紙の束を、曲げた肘で挟むようにして、一番上の一枚にサインをする。今度は宛名も書かなかった。

「あーす」

色紙をトートバッグにしまい、どこか焦った様子で仲間のもとへ引き返していく高橋を追う。あと数メートルのところまで来て確信する。エセケンだ。

「うん。ちょっと遅かったかな。今の一連の動きに悪いプレミアが四つあって、どこだか自分でわかるかな。あ、悪いプレミアって、要するにムダな時間のことね。さすがにそれくらいわかるか」

どうやら高橋にダメ出しをしているようだ。その時、近くにいた別グループの転売ヤーらしき男が走ってきて、エセケンに声をかけた。大量の色紙が飛び出たトートバッグごと突き出し、震える声でサインをねだる。

「うん。キャンバス地ってやっぱ書きやすいね。動きもいいし、この子の方がよっぽどセンスあるよ。そもそも、まず色紙は一枚ずつ出すのが基本なのに、束で出す馬鹿がどこにいるんだよ。アーティスト様に失礼だろうが」

その声は十分な怒気をはらんでいて、辺りが一瞬で緊張に包まれる。高橋は顔を真っ赤にしてうつむいている。

「これは絶対に転売しちゃダメだからね」

エセケンの言葉に、今度は周りがどっと沸く。転売ヤーらしき男は真顔で目を潤ませ、震える手でサイン入りトートバッグを抱き寄せる。

「転売してください」

段になって盛り上がった首の肉めがけて叫んだら、緊張のあまりつい責めるような口調になった。以内だ。いつの間にかできていた人だかりの中から、ささやき声がした。人々の視線が集まるなかを一歩一歩進む。プレミアに呼ばれて、縋《すが》るような足取りでエセケンを目指す。気づいたら彼に向かって左手を伸ばしていた。摑んだシャツの生地越しにしっとりと熱を感じて、何だか伝わったような気がする。エセケンがこちらを見下ろし、それから怪訝そうに首を傾げた。その饐《す》えた臭いが指先を伝って体に入ってきそうで、思わず手を放す。

「俺を転売してくれませんか」

エセケンは黙ったまま、びくともしない。

「絶対に損はさせませんから、俺のバンドを転売してくださいよ」

エセケンの左手を両手で包み、祈るように握る。冷たい。高橋の手とは比べものにならなかった。これが展売の手だ。価値ある物だけを見つけ出し、それを高める人の手だ。

「お願いします。俺を転売して欲しいんです」

その時、ぱらぱらとフライパンで何かを炒めるような音がした。拍手だ。よくわからないけれど、とりあえずノリで。見よう見まねの無責任な拍手は面白いように連鎖していき、無関係な通行人までもが足を止め手を叩いている。次第に大きくなる拍手がエセケンを飲みこむ。おめでたい空気はそこら中に広がり、二人の関係に一気に価値が生まれる。温かい拍手に包まれながら、ついさっきまでの絶望が嘘みたいに、体の底から勇気が湧き上がってきた。すでにバンドメンバーの姿はなく、残ったマネージャーがかなり離れた場所から、迷惑そうにこちらを見ている。人だかりはみるみる膨れ、異常を察知した駅員が背伸びして中の様子を窺うほどだ。

「展売なんですよね？　俺で、俺のバンドで、GiCCHOで、それをやってくれませんか」

エセケンはまだ何も言わない。

人だかりの熱気が、殺気に変わろうとしている。沈黙は続く。するとまた拍手が起こり、その音で二人の関係はさらに高まる。

「サインさせてください」

すかさずカバンから色紙を取り出す。以前【Rolling→100 SHIBUYA】で買ったものだ。エセケンが一瞬目を丸くし、困った顔で頷く。今日一番の拍手を聞きながら、自分で買った色紙に自分でサインをするために、マジックのキャップを外す。

「いいね。ちゃんとトレーニングしてる子でも、なかなかここまでの震えは出せないんじゃない」

色紙にサインをもらう際、手の震えで本物のファンであることをアピールする。一流の転売ヤーなら誰もが備えていて当然のスキルだ。でもこれは本物の震えだった。震える手でサインを書き終え、エセケンに色紙を渡す。目を細めた彼が今度は満足気に頷く。まだ止まらない震えごと、パンツのポケットに手を押し込む。

「はい、契約完了です」

色紙をトートバッグにしまい、エセケンが握手を求めてくる。やっぱり冷たい。やっとだ。やっと始まる。手はもう震えていない。

「まずはじめに。もうわかってくれてると思うけど、俺をただの転売ヤーだと思って欲しくはないんだよね。その商品の本当の価値を見極めて、新たな価値を造っていく。やっぱり俺にとって、転売はデザインだから」

エセケンの声を聞いて、再び心に血が巡るのを感じる。あの場にいた野次馬によって撮影された動画は、Xや Instagram にいくつか投稿されているものの、まだ拡散されるには至っていない。いつもこうだ。なぜ届かないのだろう。自分の発信ばかりが、どうしてこうも上手く連鎖していかないのか。そんな風に値崩れしていた心に、彼からのたった一本の電話がプレミアを付けた。

「大丈夫だよ。あの色紙だってかなりの値段で売れたんだし。ＳＮＳだってあてにならないこと多いから、これからはもっとちゃんと結果に目を向けていかないとね」

彼に励まされ、心のプレミアがどんどん上がっていく。

まずはライブチケット以外の転売で様子を見ようとなり、グッズや音源は基本的に扱わない、あくまでこれはテストだからとキツく念を押され、インディーズ時代にライブ会場限定で販売していたデモCD-Rを数枚、後日郵送すると約束して電話を切った。思いの外スマートフォンをきつく押し当てていたのだろう、耳周りに四角く汗をかいている。普段より早く体が脈打つのを感じながら、ラックの下段に差さったCD-Rを数枚取り出す。ところどころに綿埃を付けたわずか五㎜のスリムケースは、裏面にディスクをギラギラ光らせながら、何かやってくれそうな気配を漂わせている。開くと中に紙が一枚挟んであり、その手前のツメに引っかけられた四つ折りのコピー用紙は歌詞カードだ。拙い手書きの文字が緩やかなカーブを描きながらズレていく。ある程度結果が出た今となっては、そのズレこそがそのまま売りとなる。収録されている全四曲のうち三曲は、メジャーデビュー後にリアレンジして再録済みだ。でもだからこそ、逆にオリジナルバージョンの荒削りな部分が際立っているし、再録バージョンとは歌詞が異なる箇所もいくつかある。何より、残り一曲は完全な未発表曲だ。干からびたたらこを接写した、意味不明なジャケットもまた良い。ケースから取り出せば、ペラペラの感熱紙からはまだ微かにインクのにおいがする。早速レターパックで指定された住所へ発送し、エセケンの反応を楽しみに待った。

数日後、とあるフリマアプリ内に未発表CD-Rが出品された。定価五百円の約六十倍、二万九千八百円もの値が付いた商品にはすでに「ＳＯＬＤ」と表示が出ており、そのことにファンが強く憤っている。

でも、自分がステージ上で欲しているのはこれだ。ライブ中に観客の顔を見ながら歌っても決して得られない確かな実感が、転売にはあった。今は、馬鹿正直に会場内に収まった観客の拍手や歓声より、キャパを超えたプレミアを生み出すたった一人のクリックが欲しい。

早速エセケンに電話をかける。

出品後一時間以内で売れた場合はさらなる値上がりが期待でき、今回は出品からおよそ二十六分で売れた。エセケンもこの結果には満足しているようだ。ならば、もう一枚出品してどこまで上がるかを確かめるべきだろう。そんなこちらの気持ちを見透かしたかのように、エセケンはここで一旦止めると言う。

「だって、転売は常に事件であるべきだから。あれからバンドのことを色々調べさせてもらったんだけど、前にラジオで言ってたじゃない。セックスした途端、急にタメ口になる女に違和感を覚えるって。それと同じ。転売というのは、売ったからと言ってそれで終わらないの。買った側は少なからず、高い金を出してまで商品を手に入れたことへの罪悪感に苛《さいな》まれるんだよね。だから、売った側としてこれだけは絶対に忘れてはならない。買った側は孤独だということ。転売が出たことでコアファンが騒げば、途端に自分のしたことが、ファンとしてあるまじき行為だったんじゃないかと思えてくる。そこで売った側は、買った側を独りにしない為のアフターケアをする。それぞれその商品価値に合わせた保証期間を設けて、たとえまだ在庫を抱えていても、期間中は新たな出品を控える。なかなか出てこない。全然出てこない。きっともう出てこない。そうして、こんなに希少なものを買ったのだから、自分がしたことは間違っていなかったと安心させてあげる。だから今回の商品であれば、最低でも二ヶ月は様子を見るべきかな」

そこまで一息に言うと、エセケンは大きく息を吐いた。それっぽく諭されてもまるで納得がいかない。そっちは他でいくらでも売れるけれど、こっちは今を逃せば、次にはもう価値が下がっているかもしれない。それまでに作られたシステムを壊すことで、そこから溢れる何かこそが転売なのだし、転売されたものを買う側にアフターケアがあるのなら、転売される側のアフターケアだってあってしかるべきだ。高く高く、一円でも上がると信じる心が止まらない。電話を切ってすぐ、あらかじめ作成済みのアカウントから出品をし、価格も三万五千八百円まで引き上げた。たとえ最初の買い手がこの出品を見つけても、自分の購入時より値上がりしていれば問題ないはずだ。それどころか、もっと安く買った数十分前の自分を褒めるだろう。値上げこそ真のアフターケアだ。前回の二十六分に対し、今回は何分で売れるか。待ちきれず、親指の腹で何度も更新ボタンをタップする。そこで暇つぶしがてら、追加販売用に焼いた在庫の中からCD-Rを一枚手に取った。セットしたディスクをCDプレイヤーが読み込む際の、この濁った機械音が懐かしい。やがて、イントロの後で、今よりずっと若い声が歌い出す。その迷いのなさは、不安定な今の歌唱と対照的だ。どう聞いたって間違いなくこの頃の方が声は出ていて、その若い声が容赦なく未発表曲を歌う。出品からすでに七分以上が経過した今も、依然としてCD-Rは売れ残っていた。それにしても、よく出ている。こんなに声が出ているのにもかかわらず、一向に世に出られる気配はない。そして、全然声が出ていない今の自分は、ちゃんと声が出ている時の自分をどうしていいかわからない。でも、ここまであからさまに声が出ているのは、やっぱりどこか面白くなかった。いずれにせよ、それが紛れもない自分の声なのに、いちいち感情が上下して確定しない。いっそ誰かに買われてしまえば、その価格の位置でこの感情が止まるのだから、一刻も早く売れて欲しいと願う。音が止んで久しく、部屋に横たわる静けさがうるさい。気がつけば販売開始からすでに二十六分が過ぎようとしている。こうなればもう時間を気にしてなどいられず、あくまで売ることだけを目指す。

一時間が過ぎた頃、焦りはピークに達していた。息を止め、叫ぶように黙る。画面上に表示されたCD-Rは、さっきまでのあんなにも売れそうな気配を、もう微塵も感じさせない。諦めかけたその時、CD-Rが売れた。

「ほらね」

取引画面上にエセケンからメッセージが届き、取引自体もすぐにキャンセルされた。その後もメッセージの連投は止まらない。

アフターケアのない転売には未来もない。そんなに自信があるのなら、アフターケアの要らない消えもの、チケットで好きなだけやればいい。でももっと痛い目を見るし、欲張ると必ずそれが命取りになる。これで懲りたはずだ。焦らずにじっくりやれば必ず結果はついてくるのだから、とにかく焦るな。

液晶画面は目に痛く、ただぼんやり見つめることすら許さない。いつまでも売れ残った転売に未来などない。それはもう、ただの嘘だ。


全国ツアー開始まで一週間を切り、チケットの取引もここへ来てまた活発になってきた。検索窓にバンド名を打ち込むだけで、無数の情報が出てくる。

〈GiCCHO 仙台ワンマン急遽予定が入ってしまい都合が合わず、チケット余てます。公演日も迫ってるため値下げ交渉にも応じます。空席は作りたくないので連絡待ってます〉

あっけなく【譲】に捕まった。ここへ来ての【譲】は致命的だった。所有者がやむをえず手放す泣く泣く系の【譲】に比べ、こうした都合系の捨て【譲】は、公演日が迫っている焦りから売り手が過度な値下げをしがちだ。仮にチケットを手放すにせよ、せめて一円でも高く売るのがマナーだろう。まして値下げなどもってのほかで、転売よりずっと醜い行為と言える。値崩れしたチケットで入場した場合と、値上がりしたチケットで入場した場合とでは、客がステージに向ける視線の質が変わってくる。すなわち、プレミアはライブそのものの質を向上させる。そして定価でチケットを買った客が後からプレミアの付いた転売を知れば、こんな貴重なチケットは何が何でも手放してはならないと、自分が取ったチケットにより愛着を感じる。そのように、転売が【譲】を抑制すると同時に、プレミアを促進する。

また、定価割れのチケットに希望者が複数人集まったことにも納得がいかなかった。定価以下で買った人間が座るくらいなら、いっそもう空席で良い。

空席には、大きく分けて二種類ある。ただ売れ残ったものと、価値が上がりすぎて敢えて誰も座らないものだ。今アメリカでは、後者の空席こそ理想とされており、すでに人気アーティストのライブは無観客がトレンドだと、以前エセケンも語っていた。音楽ストリーミングサービスが普及したことで、音源の流通は配信が主になり、リスナーがフィジカルで盤を買い求めるのは日本くらいだ。まだファンがライブ会場に足を運んでいるのは日本だけだと言われる、そんな未来も近いかもしれない。現にもう、LIVE IS MONEY のライブ会場では空席が目立ち始めていると、【Rolling → Online】のライブレポートで目にしたばかりだ。

空席だけでなく、即完にも種類がある。一般発売前の先行受付からしっかり落選者を出し続けた即完と、先行の段階でキャパを超えられず、一般発売でやっとの即完では、プレミアの強度が明らかに違う。ただチケットが売れたからといって、そこでプレミアが担保されるわけではない。チケット発売からライブ当日までの数ヶ月間は、ファンの気分を変えるには十分過ぎる。だから、チケットを取る段階であらかじめ客に刺激を与えておく。まったく取れない。取れそうで取れない。もう諦めかけたところでギリギリ取れた。最速先行、一次、二次と、ほどよく落選者を出しながら客をくすぐる。そうすることで、ただの当選を奇跡にまで高め、公演間近にチケットを譲りに出そうとする気分を事前に摘み取ってしまう。それが本当の即完であり、落選こそが最大のプロモーションなのだ。

またしてもエセケンへ電話をかけ、愚痴とプレゼンの間を行ったり来たりしながら、集めた知識をちぎっては投げる。そのどれもが【Rolling→Magazine】で読んだ記事の受け売りだった。しばらく黙っていたエセケンがようやく口を開いた。

「さっきから聞いていると、定価への敬意が足りないね。たしかにプレミアへの貪欲さは伝わってくるけど、それ以上にもっと定価を大事にしなくちゃ。定価があるから転売がある。まずはそのことを十分に理解しなくちゃ。高く登るためには定価が必要不可欠なわけで、それどころか、いかに上手に定価を使うかがポイントなのね。よく定価をロイター板に例える人がいて、定価を使って高く跳ぼうとするけど、そんなことをしても意味がない。どんなに高く跳んでも、やがてまた落ちる。だから登らなくちゃ。定価はボルダリングにおけるホールドで、そこへ指先や足を引っかけて体ごと上へ登る。とにかく定価。定価を疎かにする売り手に、決してプレミアは生み出せない。高価は降下。定価は低下。そうして常に最悪の事態を意識しておかなくちゃ。そして、迷ったら必ず戻る。どこへ。定価へ。そもそも、プレミアが親で定価は子という考え方が間違ってる。あくまで定価が親で、プレミアは定価の子だから。ロリマガの創刊号にも、この辺の考え方について詳しく語ったインタビューが載ってるから、良ければ今度送るよ。だから口酸っぱく言わせてもらうけど、口酸っぱく、想像するだけで唾が溢れるほどに、とにかく定価を意識しなくちゃ」

電話を切ってからも【譲】の検索が止まらない。余ったチケットの譲り先を探すその下の、ろくに探しもせず、チケットが見つからないとただ嘆くだけの投稿がもどかしかった。譲る方がなかなか運を手放せないのに加え、探す方も探す方で、直前で手に入ってしまうことが怖くなるに違いない。液晶に触れ、検索結果を指先で揺らす。【譲】も【求】も、それぞれの位置でただ震えるだけで、決して交わらない。

迷ったら必ず戻る。どこへ。定価へ。エセケンの言葉を思い出して、来た道を引き返そうとするも、もうどこをどうやって来たのかさえわからなかった。画面上では相変わらず【譲】と【求】が上下に並んでいる。【譲】はこんなにも【求】のそばにいるのに、やっぱり交わろうとしない。

ツアー初日の会場はあえて小箱を選んだ。加えてベーシストの地元だということもあり、先行の段階から申し込みが殺到したこの千葉公演だけは、最後まで【譲】にも捕まらず高値で取引がされていた。イベンターの責任者に聞けば、本来キャパ二百五十のところを、今日は二百八十枚売っていると言う。いくら着券率が高いバンドというのを踏まえても、まだ足りない。三百二十くらい突っ込んで初めて、やっと初日らしい緊張感が出てくるはずだ。

開演時刻を二分ほど過ぎて客電が落ちる。歓声と共に、前方へ一気に客が押し寄せた。ステージへ上がりマイクの前に立つと、客は更に前に詰める。最前列の女たちは体を「く」の字にして、それでも薄く笑みを浮かべている。案の定、ＰＡ前がスカスカだった。こうなることは、バンドに付いているファン層を考えれば簡単に予想できたはずだ。単純に、男性を百名入れるのと、女性を百名入れるのとでは、会場の埋まり方に明確な差が出る。女八、男二というバンドのファン比率を考えれば、券売枚数にまだ余裕があるのは明らかだ。ＰＡ前にごっそり空いたスペースが気になり、一曲目の演奏が始まってもなかなか集中できない。逃げ腰のイベンターは、二言目には消防法がと繰り返すばかりで、いつもまるで話にならなかった。

最前列に陣取るのはいわゆるワーキャーの客たちで、演奏と演奏の合間に水を飲んだだけでも大喜びしている。やがてイントロが鳴り、歌い出しても、ただひたすらに同じ反応が続くばかり。ワーキャーにとっては、歌を歌うことと、その合間に水を飲むことがなぜか等価だ。だから地蔵とはまるで対極にありながら、ほとんど意味は同じだった。また、ワーキャーが悪目立ちしている状態は、その土台にあるべき通常の歓声が不足していることの現れでもある。今日もワーキャーはこちらの一挙手一投足を食い入るように見つめながら、その好意でもってすべての表現を飲み込んでしまう。

ツアー初日だろうが、小箱だろうが、チケットが高値で取引されていようが、声は今日も出ていない。極端にキャパを狭めたことで、よりステージ上がデッドな空間となり、響きを失った音に緊張した首周りの筋肉が締まる悪循環だ。音源に程遠い歌声は、詰まり、上擦《うわず》り、震える。にもかかわらず、ワーキャーたちは、ビートルズでも来日したかと思わせる熱狂ぶりだ。どんなに酷い歌唱であっても、ただマイクの前に立って歌いさえすれば、すぐにビートルズが来日する。

曲終わり、何を話せば良いかわからず頭を掻くと、それを見たワーキャーがすかさず可愛いと声を上げる。今度は可愛いに捕まった。そこからはただもうひたすら、可愛いフェステイバルが始まる。黙っていても可愛い。喋り出そうとしたタイミングで起きたマイクのハウリングに驚いたのが可愛い。可愛いと聞こえた方を睨みつけたのも可愛い。何をしても、光の速さで可愛いが追いかけてくる。

「ちゃんと水分……」

「取ってる！」

話すことに困った時の癖で、また水分補給を呼びかけそうになった。あわてて止めたにもかかわらず、すかさず客席から元気な声が返ってきて、最悪なコールアンドレスポンスだ。

「可愛い」

まただ。その声に引っぱられながら、次の曲のイントロを弾き始める。バッキングのコードを何度か間違え、その度にバンドのアンサンブルが濁った。イントロの終盤になっても、まだ歌い出しの歌詞が出てこない。数十メートル先で歌の道が途切れ、大きな穴が口を開けて待っている。このまま落ちて死ぬか、それともジャンプして飛び超えるか。やがてイントロは終わり、あっさり歌詞が飛んだ。歌に穴が空いたまま、演奏だけが続いている。思い出した部分から歌い始めると、歌詞を忘れたことが逆に際立ち、恥ずかしさが口から体に入ってくる。それなのに、どんなにプロらしからぬ致命的なミスを犯そうと、まるでミスなんて無かったかのように好意に包まれてしまう。

それにしても声が無い。いくら喉に力を込めても、ただ口の中で息が爆ぜるばかりだ。本来であれば、出した声の尻にまた次の声を乗せるだけで、歌は自然と走り出す。次の音が前の音の重みによって前へ出ていき、その加速の中で一音一音は柔らかくほぐれていく。歌いながら声と声の継ぎ目は次第に狭まり、やがて溶け合う。次の声に乗せたのか、次の声が乗ってきたのか、もうわからなくなってくる。

調子が良い時はスライムのようにぷるんとしているのに、今は出す声出す声が常に固く乾いていて、たとえ次の声に乗せることができても上手く混ざってくれない。今出した声から次の声までがやたら遠く、そこにたどり着くだけで著しく体力を消耗する。不思議だ。声を出そうとしているのに、なぜ首に力が入るのだろう。仕方なく盛り上がった筋肉ごと吐き出す。それは歌唱というより、ほとんど嘔吐だ。吐くたび、ファンの好意に頼ることでしか許されない、恥ずかしい声が出た。音に合わせて暴れる肉を吐き続ける。間奏で息を整え、二番に備えた。手だけが、まるで〝その他〟みたいな動きで、ギターを弾いている。すると今度は二番のAメロで歌詞を間違えて、上手側の三列目、それを見た金髪の女が小さく笑った。どんなに仲良くなった相手にでさえ、決して下の名前では呼ばれなそうな顔の女だ。結構歌詞間違えてたけど、初日だから緊張してたのかな。ライブ後にエゴサーチをすれば、きっとこんな投稿を目にするだろう。そうして死なない程度に、かすり傷ばかりを付けられる。地蔵に阻害されるフェスとは違い、ワンマンライブにはワンマンライブの、甘やかな苦しみがあった。

二曲目を歌い終え、ギターアンプの上に置かれたペットボトルに口をつける。こんな日は水がまずい。ごろっと口の中に溜まった悪いものを感じて、どうしても飲み込む気になれず、さらに追加で口に含む。その拍子に溢れた分を肩口で拭う。

次の曲のイントロと共にまばらに挙がった手を睨みつける。前半八小節はあえてギターのアルペジオのみで観客の耳を引きつけ、後半八小節の頭で一気にバンドインする。それがこの曲のイントロにおける見せ場だった。ギタリストが前半のアルペジオを弾いている間に、ステージ前方へ出る。人いきれが肌に生暖かい。もうヤケクソだった。後半のバンドインに備えて俯く。小節頭にタイミングを合わせ、口に含んでいた水を一気に吐いた。爆音と共に散った飛沫が空中でキラキラ輝く。ちょうど水の落下地点にいる観客たちは目を細め、顔全体で水を受け止めている。それはいかにも客らしい態度で、さっきまでがまるで嘘のよう。そうして口の中に溜まった悪いものを吐き出すと、いくらか気分もスッキリしてくる。それでもまだ口の中が汚れていると感じ、ペットボトルを掴み、口に含む度にギターを弾く手が止まるのも厭《いと》わず、間奏とアウトロでそれぞれ吐いた。汚れた水はその都度キラキラ輝いて、客は客らしく、顔でそれを受け止める。

「次で最後の曲です」

可愛いと聞こえた。もう、定番の「えー」すらも可愛いに奪われてしまったようだ。最前列の客が相変わらず柵の前で体を「く」の字に曲げ、こちらへ上半身を投げ出している。演奏が始まるとさらに後ろから押され、そのまま前回りしそうなほど頭を垂れた。その体は観客のために設置されたスピーカーよりもステージ側にあり、コロガシと呼ばれるボーカル用のモニターのほぼ真上に位置している。だから彼女が今聴いているのは、外音ではなく、中音だ。ＰＡによって作り込まれた外音に対し、ステージ上のアンプやドラムセットから直に出ている中音は迫力にかける。それどころか、演者がより演奏に集中する為に各楽器の音が整理されているから、体が震えるほどの迫力で耳にぶつかってくる外音に比べて全然面白みがない。目と鼻の先に立っているメンバーだって、見れば見るほど人間だ。自分と同じただの人間が、人間が許容できる範囲の爆音でもって演奏をしている。そのことが「く」の字にバレた瞬間、彼女の発する可愛いは別の意味を持つだろう。

きっと彼女にとっては、こんなにも面白みのない音にもかかわらず、ちゃんと「ロック」をやれてしまえることが可愛いのだ。

「く」の字はステージと客席のちょうど境目、肩まで伸びた髪を前に垂らし、柵のラバーに腹を押しつけながら苦しそうに笑う。これまで都合よく処理してきた風景が、一人の人間として目に飛び込んでくる。程よく整った顔からは、まだ会って間もないうちから下の名前で呼ばれそうな空気が漂っていた。いかにもライブ映像のインサートとしてカメラで抜かれそうな顔で、汗で束になった髪がこめかみに張り付いていても、まだ十分その美しさが担保されている。

彼女の帰り道はきっとこうだ。電車の乗り換え、最寄りのコンビニでの買い物、それらを経て、徐々にライブから日常に帰っていく。家のドアを開けた途端、まだライブの昂りが残っているせいで、普段は感じることのない我が家のにおいを感じる。ひっそりと静まったリビングは、今日家を出る前と何ひとつ変わらない。さっきまであんなにどうかしていたのに、今はこんなにも普通だ。もう一度大きく吸い込むけれど、もう何のにおいもしない。そうか、自分は一瞬でこの町の、この家の人間に戻ってしまったんだと寂しくなる。そんな人間が一人ずつ集まり、束の間を正しく狂うのがライブだった。

口をぱくぱくさせながら、最前列の「く」の字が何か言っている。歌だ。彼女の口が、今自分が歌っている歌詞の形に動く。肝心のボーカリストがまともに歌えていないというのに。最後の一曲になっても調子は戻らず、依然として納得のいかない歌唱だった。これまで映画や漫画が散々奇跡を描いてきた終盤になっても、何も起きそうにない。人いきれが強まる。今の自分に、この熱気を吸い込む資格など無い。いつの間にか「く」の字の姿は見えなくなっていた。

曲が終わり、一斉に手が挙がる。その方がよっぽど気持ちがこもっているように見えると知っていて、あえてマイクを通さず、何度も口パクで感謝を伝えた。さっきまで彼女がいた辺りで、今度は別の客が泣いている。泣きたいのはこっちだと思う。彼女が肩に掛けたマフラータオルは、今日から売り出した新商品だった。そのタオルで涙を拭う姿を見ていると、新品のタオル特有のあのよそよそしい生地感がこちらまで伝わってくる。それでも、数回洗えばじきに馴染むのだ。そして彼女が次にライブに来る頃には、きっとまた新しいタオルが発売されている。

打ち上げ会場の居酒屋で、乾杯後すぐにエゴサーチを始めた。各メンバーも会話そっちのけでスマートフォンをいじっている。いくらツアー初日とは言え、小箱となるとライブ後の反応も鈍いのだが、今日は違った。ファンたちが【聖水】というキーワードで異常に盛り上がっている。

〈ネタバレ禁止なのはわかってるけどこれだけは言わせてください。以内さん、最後の方、とある曲中に水吐きました。二列目くらいまでの人、確実に顔面にかかってました〉

〈以内さん声大丈夫かな　ゆっくり休んで〉

〈TLが聖水聖水言ってるから調べて今状況把握した。いくらファンでもそれは汚いだろ。以内さんちょっと引いた〉

〈聖水と聞いて…。誰か譲ってください！【求】GiCCHO 8/18仙台KICKS【譲】定価＋手数料　どうかお願いします！〉

〈TLの左利きが騒がしい聖水の件、まだちゃんと把握しきれてない芸人。そして今何となくわかってる限りでも、その聖水をどうにかして浴びたい芸人。やばい、私の中の二人の芸人がコンビ組んで、もうM－1出そう〉

〈聖水？　と思って調べたら、なんだただ以内さんが水吐いただけかよ………控えめに言って飲みたいと思ったよね〉

水を吐いたことへの思わぬ反響に混じって、次の仙台公演の【求】もいくつか見つけた。そしてもう【譲】はどこにも見当たらない。嬉しい親指で跳ねるようにスクロールしていく。流れる文字を目で追いながら、画面の中に本当に【譲】がないかじっくり探した。ない。もう絶対に【譲】が追いつけないスピードで、スクロールする親指が液晶ガラスの上を駆けていく。

仙台公演の会場は、スタンディングで千五百人以上収容のライブハウスだ。初めて立つステージながら、比較的音の響く「ライブ」な作りで、リハではいくらか気持ちよく歌えた。ぶよっとした脂肪に包まれた声が、無人のフロアに溶けていく。リバーブは麻酔だ。リバーブがかかると音の輪郭がぼやけ、音から音へ移る瞬間の緊張も薄れる。

順調にリハを終え、気分よく楽屋に戻った。開演まで二時間を切った今もまだ、チケットは活発に動き続けている。これまで本番前のエゴサーチで見つける【譲】などストレスでしかなかったのに、今日はまるで違う。【譲】から滲みでる悔しさ、【求】から溢れ出る必死さ、それらを表示する液晶画面も心なしかいつもより熱を帯びていた。

〈GiCCHO 仙台、着いた〜！　なんか会場前にチケット譲ってくださいの紙持った女の人が

いる〉

自分がまだ客としてライブに通っていた頃、開演ギリギリまで会場周辺に立ち、チケットを求めて自作のメッセージボードを掲げる人をよく見かけた。その前を通り過ぎて会場入りする優越感もまた、ライブ前の気分を盛り上げてくれていたことを思い出す。SNSが普及し、ダフ屋と共にそんな人の姿を見なくなってもう久しい。それが今、会場の外にいると言う。他にもその女性に関する情報がいくつかあり、開場前からファン同士が盛り上がっている。

〈今日の現場はGiCCHO！　東京から仙台意外とすぐだった。チケットない左利きさんが手作りのボードでアピールしてるのなんか熱い！　やっぱり聖水効果？〉

ファンの投稿から、徐々にその人物像が立ち上がってくる。

〈ギッチョ仙台 会場着いて今物販並んでる。近くにチケット譲ってくださいの紙持ってる人いて いきなりおにぎり食べ始めたんだけどw手作りっぽいし、、シャケ？　おかか？　梅？　中の具が気になるし 中学時代の部活思い出してお母さーんあの時ありがとーってなってるw〉

〈そして2個目wそして水筒（部活の時によく使ってた、、中の蓋を回したらその隙間から

出てくるタイプ）ｗｗ懐か死〉

〈@akkono_hidarite　チケットなんとかしてあげたいですよね。みんなで協力して見つけませんか？　せっかくここまで来たのに、このまま帰るのはちょっと切な過ぎますよね。〉

〈@hidari_kikikiki　ね。今物販並んでるんですけど、まだ見つかってなさそうですね。ちょっと前まで普通に譲り出てたんですけどね。一枚ぐらいなんとかならないのかな〉

他にもいくつか似たようなやりとりを見かけた。それは突如として現れた、【求】のマスコット的存在がもたらす、ファン同士の新たな連帯だ。画面の中だけでなく、こうして人の形で【求】が可視化されることで、自分のチケットにより価値を感じる。友人が落とした財布やスマホを一緒になって探している時、ふと自分のポケットに手を入れてその存在を噛みしめたくなるあの衝動と同じだ。

それでも、開場時間になれば、あっけなく忘れ去られる。他人の切実なんて、あくまで退屈な待ち時間をやり過ごす一イベントに過ぎない。

〈GiCCHO仙台、今から会場入ります！　え！　さっきまでチケット譲ってくださいって書いてたのに、今見たら、たのしんでいってらっしゃいって書いてあるんだけど！〉

〈さっきまでチケット探してた人、諦めてみんなにメッセージ伝えててなんか癒される……。

これもGiCCHOの人柄っていうかバンド柄？　仙台まで来てよかったし、会場入る前にもう泣きそうになってる……〉

彼女からのメッセージを受け、入場待ちの観客たちが再び盛り上がっている。楽屋の隅に置かれたテレビモニターには無人のフロアが映し出されている。やがて開場して、粗い画質の中を前方めがけて走っていく観客たちにも、今日は心なしか勢いがある。無人のフロアが少しずつ埋まるのをモニター越しに見ながら、久しぶりに心が丸いと感じる。こんな風に、本番前のエゴサーチでファンの熱を通して会場外の様子が伝わってくるライブ自体、本当に久々だった。

彼女のものらしきXのアカウントを見つけた。しばらくしてからまた覗くと、先ほどまで一桁台だったフォロワーがもう数十人増えている。

〈GiCCHO仙台は諦めました、、、でも来て良かったです、、、ここにいるだけで左利きさんたちの熱を感じられるし、みんなが声をかけてくれたり、一緒になってチケットを探してくれたりして、、、だから最後までここでライブを見届けるつもりです、、、みなさんどうか楽しんで、、、〉

彼女の投稿が拡散され、労《ねぎら》われ、励まされる。会場の中に入れない彼女の存在は、今や観客たちにとってプレミアの象徴だ。そしてこのトピックも、また次の公演のプレミアへと繋がるかもしれない。現にタイムラインには、もう次の長野公演の【求】が流れてきている。

しばらく目を離している隙に、テレビモニターの中のフロアは観客で埋め尽くされていた。今日は久しぶりに観客とじっくり向き合えそうな気がする。それもすべて、会場の外に溢れた、たった一人のお陰だ。ならば、そこまで届けるのがプロというものだ。開演時間を一分二十秒過ぎて、ＢＧＭがフェードアウトする。沸き起こるどよめきの質も、今日は明らかに違うように感じた。

やがて客電が落ち、無音に洗われた清潔な耳で歓声を聴く。その声の周りに無数にこびりついた息の音は、観客の集中力の高さを示している。そして声にこびりつくこの息が着火材となり、大歓声を起こす。

ライブ会場において、無音こそ一番の爆音だ。無音を効果的に使うことで、より上質な爆音が生み出せる。他のメンバーが定位置に着くのを待って、その無音の中をゆっくりと歩きながら、ステージ中央へ向かう。息が爆ぜる音がして、歓声が起こる。ギターアンプとドラムセットの間に置かれたドリンクホルダーの前で立ち止まり、ペットボトルの水を一口飲む。たったそれだけでフロアからざわめきが起こる。ギタースタンドへ手を伸ばし、ギターを摑み、肩にかける。この日一番の歓声を浴びながら、マイクに口をつけた。すると、会場はまた無音に包まれる。耳が痺れるほどの無音を、自らの声で割る。一曲目の歌い出しから多くの手が挙がり、リズムに合わせてフロアがうねる。どこにも隙間は見当たらず、後ろまでぎっしり人が詰まっている。多少吸われてはいるものの、音の響きもまだ十分に残っている。歌いながら、今日の観客を信じてみたいと思った。

でも、そんな決意もすぐに裏切られる。曲がAメロに入った途端、四分のバスドラムに合わせ、観客が手を叩き出したのだ。これはロックフェスが生んだ悪しき慣習で、まるでそれがマナーであるかの如く、どのバンドのどの曲であっても、四分のバスドラムにはこの手拍子と決まっていた。他にもこのように決まっているいくつかのノリがあり、観客はそれらを通して自らがライブ慣れした客であると誇示する。

歌詞やメロディーに即した繊細な音の出し入れが、一発手を叩かれるごとにぼやけていった。バンド側はもっと横のグルーブを意識して、演奏に細やかな工夫をこらしているというのに、強引な手拍子はすべてを縦ノリに変えてしまう。これを一体感などと呼ぶのだから、本当にタチが悪い。そのことを訴えようにも、歌っているせいでもう口は塞がってしまっている。それどころか、リズムキープすらままならない手拍子が、演奏を前へ前へ誘う。それを振り払うように、後ろに引っ張るイメージでわざとビートの重心を落とし、演奏から手拍子を引き剝がしていく。それに気づいた観客は、今度はあわてて正しいテンポに合わせようと必死だ。途中のブレイクで演奏が止み、無音になった。ここでも容赦なく試す。案の定、ファンなら知っていて当然のこのキメに反応することができず、いくつかの手はペチペチ鳴り続けている。せっかくの無音を汚すなんてファン失格だ。そう責めたくなると同時に、会場内に一定の新規客がいることに安堵する。まだ右も左も分からない新入りの存在こそが、その他の古参を古参たらしめるからだ。とは言え、ミスには変わりない。二番のAメロになると手拍子全体から硬さが感じられ、会場全体が俄かにだるまさんがころんだの緊迫感を帯びてくる。もうミスは許されない。それでも容赦なくテンポを緩め、手拍子を揺さぶる。演者からすれば、これが正義だと信じて疑わない古参の手拍子こそ、かえって鼻につく。曲ごとに決められたいくつかのお約束にいち早く反応することで、新規客にプレッシャーをかけようとする。そんな古参の手拍子を、一小節ずつ、歌いながら弄ぶ。すると今度は何を勘違いしたのか、古参の手拍子がこちらを励ますかのように、曲のテンポを無視して前へ前へ引っ張ろうとする。

突然手拍子が止み、驚いた拍子に歌詞を飛ばした。手拍子にばかり気を取られていて、すでに曲がBメロに入っていることに気がつかなかったのだ。途端に喉が締まり、声も詰まる。さっきまで感じていた昂りはあっさり消え、気づけばもうアウトロが鳴っていた。やがて曲が終わり、拍手が起こる。最初のMCに備え、くだけた雰囲気の光がステージをほんのり照らした。それを合図に観客は一斉に緊張を解き、試すような視線をステージ上に送ってくる。それでも黙っていると、会場の空気が徐々にふやけていくのがわかった。

張り詰めた無音に咳払いや鼻を啜る音が混じり始め、早く何か言わなければと焦る。それなのに、上から目線で突き放すのか、適度に歩み寄って媚びるのか、今日の自分をなかなか決められない。

「がんばれー」

やられた。そう思うと同時に、会場から小さく笑いが起こる。この瞬間、あえて第一声を溜めているフロントマンから、なかなか第一声を発することができないフロントマンになった。

「ふんばれー」

下手からまた別の声が飛ぶ。すると、今度は会場がどっと沸いた。とっさに声のした方を睨みつけるも、観客の顔はどれも好意に満ちていて、誰が犯人かわからない。

これまでただの塊に見えていた観客が、今は一人一人ちゃんと人間の形で存在している。その人数を前に、一人の人間として怯《ひる》む。体が強張り、見られるというのはこんなにも主観だと思い知る。積み上げたイメージは一瞬で吹き飛び、ままならない自分の体と、こちらを信じて疑わない観客のまなざしだけがある。誰よりも自分が自分を見たいのに、着ぐるみを着ているみたいに視野が暗く狭く、自分だけが見えない。

「えー」

漫画や映画の主人公になるような人間はこんな時、決して野次を飛ばしたりせず、群衆の中でじっと息をひそめているのが相場だ。

「今日は」

だからまだ自分が客としてライブに通っていた頃、そうしてステージに向けて野次を飛ばす人間をいつも冷ややかに見ていた。

「ありがとう」

だからこんな時こそ、会場の外に溢れた観客を想う。彼女をはじめとする、チケットを手にできなかったファンの清潔さにすがる。今やもう、会場にいる分はただの詰め物で、会場から溢れた分だけがファンだ。

「最後まで楽しんで」

見たくて見ている気持ちより、見たくても見られない気持ちの方が美しいと感じる。「ある」はいつかなくなるけれど、「ない」は無限にある。

「たっ、たっ、楽しむー」

周りの反応に気を良くしたのか、声の主の勢いは止まらない。その声からして、相手はきっと男だ。GiCCHOのファンに男性は珍しく、それ自体はとても喜ばしいことだった。観客という安全な立場から、大勢の女子の前で目立ちたくなるのもわかる。だからこそ、こうしたファンに定価でチケットを売ってはならない。もう一つ残念なことに、今日の最大の武器である聖水は、同性に効かない。さらに間の悪いことに、次の曲が聖水の当該曲だった。あからさまに口が膨らまないよう気を配りながら、ペットボトルの水を口に含む。

イントロのアルペジオで歓声があがり、観客たちは一つの塊になって膨張する。前へ前へ、女の中からまた女が出てくる。何か叫びながら、曲のリズムを無視して飛び散っていく観客から目が離せない。これこそ本当のノリだと感じた。今度は次第に、バンドの演奏の方がそのノリに引き込まれていく。音がリズムをすり抜け、自由にうねる。さっきまでバスドラムに合わせ、死んだ目で手を叩いていた観客たちが、今はちゃんとグループの中にいた。誰もが赤らんだ顔に髪を貼り付け、泣きそうな顔をして笑っている。その女と女の隙間から、じっとこちらを見ている一人の女がいた。その表情からは一切の感情が読めず、それなのに何か大事なことを知られているようで気味が悪い。

口の中の水が重くなり、聖水どころか、飲むヨーグルトみたいに感じるそれをなかなか吐き出せない。バンドインのタイミングはとうに過ぎていて、女たちは怪訝な表情で、この不自然な口の膨らみを見つめている。

そうだ、自分の口の中には今まさにプレミアが詰まっているんだ。

聖水を待ちわびる女たちは、口をパクパクしながら、早く吐けと急かす。でも女たちの顔はどこか浮かない。果たして今から見るものが、期待を超えてくるほどのものか。むしろ、その期待に応えるのはこちらではないのか。夢中で追いかけていた時は無限大だったはずのプレミアが、次第にはっきりとした輪郭を持ち、今はただプレミア一個分として目の前に存在している。

それがライブを見るということだ。どんなプレミアチケットだろうと、チケットを手に入れて観に行った時点で、ただのライブになってしまう。すれ違った時に肩と肩がぶつかったり、山道で一本だけ電波が入るみたいにして、今微かに、観客とわかり合えた気がする。吐いたら終わる。どんなに価値が高まっても、口から出たらただの水だ。プレミアは、手に入れる前にしか存在しない。ここで吐いてしまえば、その時点で観客たちのプレミアが死ぬ。だから今や、外で音漏れを聴いている彼女の方がよっぽど勝ち組だった。

エセケンは水を吐くことに否定的だった。あえて吐かないことで、吐くことのプレミアを上げるべきだと言う。でも実際にステージに立ったことのない彼は、ここから見える観客の表情を知らない。ステージに立つ者をキラキラと信じて疑わない、全体重を預けきった顔だ。だからプロとして、バンドのフロントマンとして、今日も口の中の水を吐かなければならない。

唇をすぼめ、強く吹き出す。細かい飛沫がゆっくりと照明に溶け、光となって観客へ降りかかる。女たちは大きく口を開け、また何か叫ぶ。本当は観客も知っているのだ。自分たちが追い求めていたプレミアがただの水に過ぎないとわかっていて、それを誤魔化そうと必死に歓声でかき消す。

聖水を吐き終え、ここからは通常のライブをしなければならなかった。口の中にまだ水が残っていて、微かに鉄臭いプレミアの味がする。

「今日は本当にありがとう。チケットが手に入らない人も多かったみたいで、今も外で音漏れ聴いてるお客さんいるんでしょ？　本当にさ、転売ヤーなんて全員水虫になればいいのにね。外で音漏れ聞いてくれてるお客さん、本当にありがとう。ちゃんとそこまで届くように、しっかり歌います」

観客の目の色が変わった。何か言ってはいけないことを言ったのだと気づいても、もうどうすることもできない。結局最後まで、しらけた空気が元に戻ることはなかった。

〈聖水以前に今日のＭＣ　あれは無いわ　以内さん頑張ってチケット取ったお客さんの気持ちぜんぜん考えてないんだね　あとどの口が転売に文句言ってんの　こっちはあの動画見てるし　まずエセケンとの関係をちゃんと説明してほしいんだけど　にしてもあの音漏れの人いい事しかないじゃん　なんかお金払ってあんなＭＣされて　わざわざ行ったのが馬鹿馬鹿しくなる　あとあの変な客もマジで最悪だった　出禁にしてくれ〉

〈ちゃんと聖水浴びて来たけど、以内さんのあのＭＣが普通に不快だった。そもそも観客に水を吐くってなんなの？　純粋に曲聴きに来てるファンを馬鹿にしてない？　あのファンも、みんなが変に持ち上げるからこうなるんだよ。ライブ後も会場の外でニヤニヤしながら周りのお客さんに手振ってて普通にキモかったし。ＴＬでフォロワーが言ってたエセケンとの動

画もキモいホント最悪。〉

〈整番ゴミだったけど始まったらかなり前行けて、無事に聖水回収できた。以内さん、転売ヤー水虫になれって言ってた。左利きのために怒ってくれて優しいし、愛しかなかった！　大優勝！　今日はお風呂入らない。えっなんか以内さん炎上してる？　もしかして聖水必要なのうちらじゃなくて以内さんの方だったりする？〉

〈以内さん声大丈夫かな〉

〈以内さんのＭＣって何？　変な客もいた？　転売ヤーにキレてたって、じゃあエセケンさんとのあの動画はなんだったの？　チケット取れなかった民には理解できない。とりあえずチケット無くても音漏れ行けばＭＣで言及してもらえるってことでオケ？〉

あの日、野次馬が撮った動画の存在をすっかり忘れていた。たった一回の失言で、せっかく付いたプレミアが燃えている。このままでは、明後日の長野公演は絶望的だ。

〈GiCCHO 仙台（音漏れ）無事終わりました笑、、たとえ見えなくても、演奏も、声も、歓声も、耳を澄ませればちゃんとそこにあって、、とっても贅沢な時間でした！　会場から出てくるお客さんを見ながら、わたしだって負けないくらい幸せだって思えました、、こんなの無料で良いんですか？〉

〈ライブって終わっちゃえば見れても見れなくても一緒なのかも、、、ライブを見た喜びはだんだん消えていくのにライブを見れなかった悲しみはずっとそのまま、、、だからどうせなら残る方が良い、、、以内くんも気にしてくれてたみたいだし、、、〉

〈そこで提案があります、、、みなさんわたしと音漏れダチになってくれませんか？　見れないからこそ見えてくるものがある、、、見れないを見せる、、、見れないで繋がる、、、ずっと終わらないこの気持ちをここから発信しましょう！　題して音漏レポートです！　わたしと音漏れダチになりませんか？〉

こんな時に限って、火に油を注ぐような彼女の連投がタイムラインに流れてきた。あれに味を占めたのか、ちゃっかり【Rolling → Voice】の方でも新たにアカウントを作っている。彼女の投稿はすぐに拡散され、一瞬で燃えた。

それでも予想に反して、タイムラインには新たな【求】が絶えない。この炎上も新たな追い風となり、長野公演には、仙台公演以上に注目が集まっているようだ。良くも悪くも、依然として聖水への言及も多い。やっぱり吐いておいて良かった。あの時エセケンの忠告に従っていれば、こうはなっていなかったはずだ。転売のことを理解していないのは彼の方ではないか。偶然とは言え、聖水によってこのプレミアを作ったのも自分だ。

ここ最近、エセケンの存在を疎ましく思うことが増えた。親指に怒りを込めてスクロールする。画面の中にまた【求】と【長野】の文字を見つけて、心がみるみる安らいでいった。

長野公演当日は朝から強い雨が降り続いていて、傘をさしながら物販に並ぶファンを横目に会場入りをした。

〈長野にも来ちゃいました､､､仙台ではライブ中、以内くんが私のことを言ってくれて､､､改めてGiCCHOが好き､､､もう、こうして左利きさんたちと一緒にいれるだけで幸せです､､､なんと早速仲間も集まってくれてます､､､音漏レポートがんばるぞ､､､〉

リハーサル前のエゴサーチで見つけたこの投稿は、見覚えのある手書き文字で「チケット譲ってください」と書かれたボードの写真と共に、もの凄い勢いで拡散されていた。

〈@akkono_hidarite　長野にもあの音漏れの人また来てるみたい…。それに便乗して他にも何人か新規の音漏れ来てるって。音漏れダチ？　てゆーかそもそも音漏れなんて珍しくないでしょ…。もしかして以内さん音漏れ知らなかったとか笑〉

〈@hidari_kikikiki ね。以内さんにＭＣでイジってもらえたから長野にも来たんだろうね。そもそも、本当にGiCCHOが好きだったら頑張ってチケット取ってるんじゃないのかな。え？

今日他にも音漏れ増えてるんだ。うーん。ちょっとなんかね〉
あのＭＣが引き金となり、これまで好意的だったはずのファンまでもが随分と手厳しかった。彼女の投稿はまだ拡散され続けている。リハーサルを終え、楽屋に戻ってからも外の様子が気になって仕方ない。タイムラインには、二公演続けて音漏れを聴きに来た彼女を批判する者と応援する者、そのどちらでもなく、ただ好奇の目を向ける者とが混ざり合っている。そんな彼女や音漏れダチを取り巻くファン同士のやり取りは、開演まであと三十分を切った頃、一つの投稿によって新たな局面を迎えた。
〈※ちゃんと本人から許可をもらっています！　心優しい左利きさんが譲ってくれました！ついに今日やっと GiCCHO のライブが観れるんですね！　よかった！　本当におめでとう‼　たのしんで！！！〉
お節介なその投稿には動画まで貼り付けてあり、再生すると、彼女が申し訳なさそうに頭を下げ続ける映像が流れ出した。やがて周囲から盛大な拍手が起こり、他のファンに両脇を固められた彼女が、会場の入り口へ向かって歩いて行く。彼女の姿が会場内に消えると、拍手はさらに強まる。その後ろ姿は警察に連行される容疑者そのものだった。

この日のライブも、例によってバスドラムに合わせた手拍子、曲間での無意味な呼びかけなどに悩まされる。

聖水でこの日一番の盛り上がりを迎えるものの、その後はさっぱり盛り上がらず、ただ仙台公演をなぞるようなライブだった。歌いながら会場の外まで意識を飛ばそうと試みても、そこに彼女がいない今、音漏れのイメージは湧いてこない。そしてこの会場のどこかにいるであろう彼女は、昨日までと違って、つるんとしたどこまでも定価の客だった。

ここにはライブをやる人と、それを見ている人しかいない。今まであんなに溢れていたのに、すべてが会場内に収まっていると感じる。そんな状態を観客に見られていることが、もうたまらなく恥ずかしかった。


終演から数時間が経っても、まだ彼女からの発信はない。そのことを咎めるリプライが多数飛んでいることからも、観たライブをどう彼女が語るかに、かなりの注目が集まっているのが窺える。仙台公演から溜まりに溜まったファンたちの怒りは、ライブの感想を聞くまで、ただでは終わらせないという殺気を放っていた。しかしその数十分後、彼女がアカウントを削除したことで、騒動もあっけなく終わりを迎える。唯一の希望だった彼女の存在も、こうしてファンたちに消されてしまう。チケットを買ったファンたちは、たとえ一人たりとも会場から溢れることを許してくれない。チケットを売る側は、先行から一般まですべての動きを把握しながら、神にでもなったつもりで当選させたり落選させたりできる。それでもライブ当日になれば、すべてのチケットはファンの手元だ。こちらがいくらチケットの価値をデザインしようが、その気になったファンたちは、オールスタンディングのフロア内で自らの形を変えながら、無限に会場をデザインし直すことができる。そうやっていつでもフロア内で自由自在に膨らんだり萎んだりして、せっかく溢れさせた観客を、空いた隙間にねじ込んでしまう。

ホテルのロビーに急遽バンドメンバーとマネージャーを集めた。もうとっくに諦めたはずが、こうして集まってしまうのは、バンドだからだ。心のどこかで、まだバンドを信じてしまっている。とにかく時間がない。一刻も早く【Rolling → Ticket】と手を組み、もっと積極的に仕掛けていくべきだ。幸い、次の福岡公演まではまだしばらくある。今すぐにでも動こう。勢いよくまくし立てるうちに、例の動画についての言及すらなく、あっさり話がまとまった。その場でマネージャーが電話を入れ、レコード会社の担当からも概ね了承を得ることができたようだ。普段はひどく物足りないのに、こんな時ばかりは、彼らのこのいかにも定価的な態度がありがたかった。まず手始めに【Rolling→Voice】のバンド公式アカウントを作成し、Xでアナウンスするや否や、ファンから否定的な反応が飛んでくる。

〈は？　なんか公式アカウントできてるんだけど　これ正式に転売を認めるってことだよね　さよならGiCCHO〉

〈なんか左利きが荒れてると思って来てみたらまさかのローリングボイスですか　このタイミングでアカウント作るのほんと悪手過ぎてさすがGiCCHOってなってるし逆にもっと推せるまである〉

〈GiCCHO界隈騒がしいと思ったら転の声か。急にテレビ出だしたり、最近迷走してるね。もう離れてるとは言えやっぱ他人事とは思えないな。今も好きで応援してる人の気持ち考えると…。GiCCHOって昔からやること全部ズレてるし、ファンの気持ちまったく考えてないよね？〉

またただ。こうした一部ファンの声にずっと苦しめられてきた。いっそ全部捨てて最初からやり直したい。空になったライブ会場の清々しいイメージを頭に思い浮かべて、どうにかこの場をやり過ごそうとした。

「ティナが、あのティナ・ウィンストンがさ、これまでのライブのあり方をまるっきり変えちゃったんだよね。何年か前、彼女のライブ会場で観客が死亡する事故があったでしょう。あれがきっかけで無観客に目覚めたんじゃないかって言われてて。肉が大好物だって言ってた人が突然ヴィーガンになるみたいな感じって言ったらいいのかな。あの日以来、自分のライブ会場に大量の命が集まってくるのが怖くなったんじゃないかって。それに、世界中どこへ行ってもスタジアムクラスの会場を埋める彼女には、その光景こそが逆に空っぽに思えたのかもね」

「ティナが」

「そうティナが。ラッパーのビッグマウス、ラテンシンガーのメリ・ネバ、グラミー常連アーティストのティム・フェロウやピート・セレニーだってそう。若い世代だけにとどまらず、ちゃんとアメリカの音楽マーケットが一体となって動いてる。とにかく今は無観客だから。韓国、ブラジルでもすでにいくつかの無観客ライブが実現してるしね。アーティストとファンが常に同じ方向を見ながら最新のムーブメントを生み出してる。これってやっぱり健全だよね」

アメリカ出身の女性シンガーソングライター、ティナ・ウィンストンは、今最も売れているアーティストだ。世界中で数々の記録を塗り替えながら、その人気は大統領選にまで影響を及ぼすという。ステージには立つけれど、決して歌わない。チケットは売るけれど、決して観客を会場に入れない。もちろん動画配信も無し。当時、このとことん馬鹿げた設定を成立させてしまえるのは、世界中で彼女くらいだったはずだ。こうしてティナが行った完全なる無観客ライブは、伝説の【True Live】として、運よくチケットを手に入れ、ライブを観なかった十数万人の【True Audience】によって今なお語り継がれている。観ていないからこそどんな風にも語れるし、チケットを持っているのだからそれを語る権利があるというのが彼らの主張で、今ざっと検索しただけでも膨大な数のライブレポートが出てくる。ライブレポートによれば、何より、ステージに立ったティナ自身がその感動を熱く語ったことが大きいらしい。ステージから観た客席がどれほど素晴らしくて、その景色にどれだけ心動かされたか。これまで観客についてほとんど言及してこなかった彼女が涙ながらに語るのを見たファンたちは、その発言に戸惑ったり怒ったりするのも忘れ、客席にいない自分たちの方こそが何かとんでもないものをティナに観せているのだと、無観客ライブを受け入れていったそうだ。それをただ胡散《うさん》臭く思いながら、まだ満員の会場を夢見ていたあの頃の記憶が、いくつかのライブレポートを読みながらうっすら蘇る。エセケンの声で我に返った。自分もこれからこの無観客ライブを目指さなければならないし、その為には、今一番無観客ライブに近いこの男の力が必要だった。音楽業界における数字はとっくに死んでいる。ストリーミングサービスの台頭でそれまで夢だった「億」は当たり前になった。その結果、数字が逆流して、やがてゼロに向かって行ったのではないか。強くスマートフォンを押し当てていたせいで耳が痛む。今日のエセケンは輪をかけて馴れ馴れしく、その口調のみならず、声量までもがプレミアムだ。

「で、だったら新たにプロジェクトを立ち上げて、最初から無観客ライブに特化した音楽グループを作っちゃおうと思ったわけ。正直な話、無観客って、日本ではちょっと苦戦するかなって思ってて。これまでアーティストがファンとどう向き合ってきたかが試されるんだよね。それで言うと、日本の場合は向き合い過ぎてる。だからこれからは、熱心なファンほど邪魔になってくるはずなんだよね。その点、GiCCHOのファンはどうなんだろう。あ、左利きだっけ」

長野公演終了後、ファンに対して感じたあの恐ろしさが蘇る。聖水はすぐにただの一演出として定着するだろう。公演日が近づくにつれ増える【議】にも、再び悩まされていて、どうにかライブをこなすのに必死だった。開演時間になると同時にフロアへ大量の客が押し寄せる。その流れを楽屋のテレビモニターで見ながら、ドブ川へ放たれる生活排水を思い出す。とにかくあのファンたちを思い通りに操ることが必須だし、その為のエセケンだった。今抱えているそうした悩みを正直に打ち明け、逆にエセケンには何か具体策があるのか尋ねると、食い気味で返ってくる。

「まずはアメリカとヨーロッパで、円安のインバウンド狙いかな。今はプレミアも安く買う時代だから。それである程度の勝算はあるんだよね」

　インフレにより物価の上昇が止まらないアメリカやヨーロッパなどでは、大勢の人々が日本でも無観客ライブが開催されるのを待ち望んでいて、すでに海外からでもチケットが買えるよう準備を進めているという。これが世界各国どこへでも行ける無観客ライブの強みだ。

「世界を見習わなきゃ。顔出ししないとかもう古い。間違いなくこれからは、顔出ししないどころか、ライブそのものをやらない時代なんだよ。顔出しNGならぬ観客NGの時代が来る。たとえばZ世代がサブスクで音楽聴く時にイントロとかギターソロは飛ばすみたいなのを、あらかじめこっちでやってしまう。甘栗むいちゃいましたみたいに、ライブをむいてあげる。で、ここからがポイントなんだけど、ティナが作った無観客ライブと違って、こっちはもうステージにすら立たない。これまでの活動実績があるアーティストは、いくら無観客ライブとはいえ、ステージに立たざるを得ないよね。だって観客側は、これまで観に行っていたものをあえて観に行かない訳だから、それがファンに対する最低限のマナーというか。現にティナもそうしていたしね。でもこっちは無観客ライブの為だけに作られたグループだから、ステージに立つ理由がない。それどころか、そのことがアーティストとしての価値を高める。あっちがティナ式ならこっちはエセケン式で、究極の無観客ライブを目指す。だから最初から何も存在しない。曲はどうしようかな。試しに一曲くらい作ってみるか。でも、ほんとそんな感じ。まったく何もない。こっちも行かないし、客も来ない。それこそが究極のサビ始まりみたいな。もちろんチケットは売るよ。そもそも最初から高い次元、無観客を目指してるなら、ライブ自体する必要がないし、ステージに立つ必要すらないよね。だから考え方を変えてさ、活動の中で無観客を目指すより、もういっそライブをしないこと自体を活動にしようと思ったわけ」

まだこちらが意味を測りかねているのをいいことに、電話口のエセケンはますます得意がって続ける。

「このプロジェクトはファン参加型なんだよね。じゃあ何をするかって言うと、ファンはアーティストにライブをさせない。つまりライブに行かないという選択をすることで、ファン自らが無観客状態を生み出す。ファンがいないから無観客なんじゃなくて、ファンあってこその無観客だからね。変に下積み時代から支えてきた系の自意識を持たれちゃうと、どうしてもライブに行かないという選択にはたどり着かないんだよね。結局ファンって、皆が間違ってても、自分だけは良いことをしてるって信じて疑わないでしょう。さっきも言ったけど、日本人ってそういうところがかなり難しいの。でもね、だからこそ、ファンと新たな時代を作っていく。これからは上積み時代なんだよ。それこそ下積み時代の現代版じゃないけどさ、いかにファンと一緒に上積み時代を過ごせるかが鍵だと思ってる」

蚊の鳴くような相槌が、打った側《そば》からその自信に満ちた声に飲み込まれていく。

「今ティナが無観客ライブのワールドツアーをやってるんだけど、イベンターから聞いた話によると、来年の春辺りに来日するらしくて。だから、それまでにはどうしても実現させたいんだよね。だって国内初の無観客ライブをやるのが海外アーティストって微妙じゃん。で、単直に言うと、以内君にそのグループのフロントマンをやって欲しいってわけ」

「フロントマンって、ステージにすら立たないんじゃ」

「そう。そうなんだけど、だからこそ頼みたいんだよね。俺だけの究極のフロントマンとして、俺しか知らない存在でいて欲しくて。もうライブなんてしないで欲しい。もう歌なんて歌わないで欲しい。ちなみにこのグループの他のメンバーも、同じように、俺しかその存在を知らない。だから彼らは以内君の存在を知らないし、以内君も彼らの存在を知らない。そもそも以内君以外のメンバーが存在していない可能性だってある。とにかく、俺だけのフロントマンでいて欲しいんだよね。どうか以内君の音楽を俺にください」

エセケンの切実な声に息を呑む。何を返したらいいかもわからず、ひたすら黙り続けた。

「実は今度ライマニがロリチケを離れることになって。あ、今ちょうど発表されてる。これこれ」

左耳に押し当てているスマートフォンが短く震えた。通話をスピーカーに切り替えて開いたMessengerのトークルームに、エセケンからＵＲＬが届いている。

【LIVE IS MONEYからの大切なお知らせ】

いつもLIVE IS MONEYを応援していただき誠にありがとうございます。ここで突然ですが、皆さんにご報告があります。この度、LIVE IS MONEYは【Rolling→Ticket】との契約を解消し、新たに個人事務所【ＬＩＭ】を立ち上げる運びとなりました。

【Rolling→Ticket】代表の得ノ瀬氏と何度も話し合いの場を設け、お互いが気持ちよく前を向ける最良の選択として、今回の決断に至りました。そしてこの新たな一歩を記念し、LIVE IS MONEYは、かねてより念願だった初の無観客ライブを開催します。無謀な挑戦だというのは重々承知の上で、それこそがエセケンさんから教わった【展売】だと信じて突き進みます。

「やるからには絶対成功させて欲しいし、俺にできることは何でもする。だってこれは俺の夢でもあるから」

そう言って気持ちよく送り出してくれたエセケンさんの為にも、必ずこの無観客ライブを成功させます。いや、させましょう。これはエセケンさんとライマニの夢であり、ライマニと皆さんの夢だから。

日程は十一月十一日、会場は梅ヶ丘アリーナです。チケットは売るけど、お客さんを会場に入れない。その代わり、LIVE IS MONEYは命をかけてステージに立ち、一切の音を出さない。配信はしないけど、背信もしない。皆さん、どうかこの挑戦に力を貸してください。

今までも、そしてこれからもずっと、音楽の力を信じています。まだ少し先にはなりますがどうか力を貸してください。必ずみなさんを会場の外へ連れて行きます！　一緒に伝説を作りましょう！

十一月十一日、どうか絶対に来ないでください！

そしてこれを機に、私は「ハネダアガリ」から「ハネダ↑アガリ」に生まれ変わります。LIVE IS MONEY のフロントマンとしては、これまで通り、いやこれまで以上に音楽に向き合いながら、また【ＬＩＭ】代表として、とことんプレミアを突き詰めて参りますので、どうか併せてよろしくお願いいたします。

LIVE IS MONEY Vo.g /【ＬＩＭ】代表　ハネダ↑アガリ

「もちろん表向きは円満ってことにしてるけど、やっぱ面白くはないよね。だから、これからロリチケ発の無観客ライブに特化した新しいプロジェクトを立ち上げて、ライマニの初無観客ライブに、こっちの初無観客ライブをぶつけてやろうと思って。というわけで、このプロジェクトにぜひ協力してください。何だっけ？　展売、俺で、俺のバンドで、GiCCHO で、してくれませんか……だっけ。あれめっちゃ熱かった」

ライマニの発表に対するファンの反応が気になり、エセケンに空返事をしながらXや

【Rolling→Voice】で検索をする。

〈ライマニ無観客はやばい！　絶対行かない！〉

〈ライマニついにやるのか。こんなの行かないしかないじゃん〉

〈おー↑これで初めてライブに行ったのもライマニで、初めてライブに行かなかったのもライマニになりそう↑ていうかこの（↑）めっちゃ流行りそう↑〉

〈無観客ライブの意味わかってないのワタシだけ？　一体ナニするの？　難し過ぎてふつうにわからん〉

〈うーん。無観客は楽しみだけど。ファンなら普通にライブ見たくない？　無観客とは別に、また通常のライブもやってくれるんだよね？　ライマニさん！　もちろん、無観客は無観客で楽しみだけど〉

〈こういう時「ライマニ凄いな〜ついに夢が叶うんだね〜嬉しい〜おめでとう〜まぁ私は行けないんだけど……」みたいなこと言うアホが必ず湧いてくるけど、行けないのが正しい今回の場合どうなるんだろって考えたらジワるな〉

無観客ライブに対する反応は、次から次へと書き込まれ続けていて、どれだけスクロールしても終わらない。どこからともなく迫《せ》り上がってくる怒りにも似た焦りを、言葉にして、吐く。

「やります」

数秒の沈黙の後で、今度はエセケンが息を呑むのがわかった。いくらか返事を急ぎ過ぎた気もするが、自分で作った歌も満足に歌えない今の自分には願ってもない話だ。それどころか、これが最初で最後のチャンスかもしれない。

「ありがとう。良かった。もちろんGiCCHOは続けてもらうから安心して。急に辞めたりしたら、逆に正体怪しまれちゃうしね。今アメリカで起きてるみたいな動きを、日本でも必ず起こしてみせる。一緒に良い景色を見よう」

「はい、よろしくお願いします」

「うん、よろしくね。ていうか、え、どうしたの、急にかしこまっちゃって。でもあいつらもさ、結局アニメタイアップ食ってんじゃんって話。昔からマニー系のアーティストはほとんどそう。レーベルが用意したアニメタイアップで知名度上げて、アニメファン頼みの売り方しかできない。新人の頃からアニメ漬けにされて、ただの容れ物として利用されるだけ。所詮は檻の中で動きもしないで、延々と糞アニメタイアップぶち込まれてブクブク太った豚の貯金箱なんだよ。いや、強制的に口からアニメタイアップ流し込まれてるならフォアグラか」

声の奥に、プルトップを引き起こす音が聞こえる。恐らくこれが二本目で、さっきから飲み下す際に大きく喉を鳴らすのが不快だ。

「さっきも言ったけど、ライマニにはちゃんとした活動実績があるでしょう。そこが、それこそが弱点だよね。いくら無観客って言っても、これまで数えきれないほどライブをやってきて、ほとんどの観客は彼らのライブを知ってしまっている。その点こっちはライブ自体やったことがないから、まだ誰にも知られてない。それに、仮にこのプロジェクトがコケたって、GiCCHOには何のダメージもないしね」

エセケンの話を聞きながら、直近の長野公演を思い出していた。自分の活動をここからどう立て直すかに夢中で、急に彼が黙り込むまで、相槌を忘れていることにも気づかなかった。

「ちょっと、さっきからさ、話聞いてる」

親しみの抜け落ちた声が耳に刺さった。今、エセケンとの関係性において上がり続けていたプレミアが止まったと感じる。こうしてせっかく上がっていたものの動きが止まるのが何より怖かった。今なら間に合う。止まったプレミアがまだ柔らかいうちに、早く手を打たなければならない。

「パズる」

「は？　何？」

「バズるじゃなくて、パズるっていうのはどうですか？　昔ぷよぷよってあったじゃないですか。ゲームの。あれみたいに観客を消していって、最終的に無観客を目指すっていう。パズる」

「あー。パズる。いいじゃん。うん、めちゃくちゃパズらせたい。それと名前はNOT PRESENtで行くから。最後のティーだけ小文字なんだけど、べつに意味はないよ。だって、無がコンセプトのアーティスト名にこれ以上意味があったらヤバいじゃん」

笑った拍子にビールが気管にでも入ったのか、エセケンは激しくむせ、その咳がだんだんと電話口から遠ざかっていく。

「これから色々仕掛けていくよ。このあと「夜通しJAPAN」の生放送があって、だからもう家出なきゃなんだけど、せっかくだしそこで色々発表しちゃおうと思ってる。良かったら聴いてね」

まだ少し苦しそうに告げてから、エセケンは通話を切った。

歌えないのだから仕方がない。ステージに立たないフロントマンなど、願ってもないチャンスじゃないか。迫り上がってくる後悔をどうにか押しとどめようと、自らにそう言い聞かせる。バンドをやめて就職していった仲間の気持ちが、今ならわかるような気がした。もっとも、自分は音楽に就職するのだ。最先端の新しい音楽に就職が決まったのだから、諸手を挙げて喜ぶべきじゃないか。また自分に言い聞かせる。

いつか明治通り沿いで見た、【Rolling → 100 SHIBUYA】のあの行列を思い出す。行列とプレミアはよく似ている。今までずっと、行列の先がどうなっているのかもわからず、最後尾で微かにプレミアの気配を感じながら、ただぼうっと突っ立っていた。そしてようやく行列の逆流が始まり、今度はこちらが先頭に立って進んで行く番だ。もちろん先頭に立つ恐怖がないわけではない。だから、空席を買うなどという馬鹿馬鹿しさがバレる前に、いかに列を伸ばしておくかが重要だ。列がある程度まで延びれば、今度はその行列自体に列ができる。列の先に何があるか知っているのはせいぜい数十人で、後の人は並ぶことに並んでいる。

ライマニ初無観客ライブへの反響は凄まじく、夜のニュース番組でも各局がこぞって取り上げていた。「ＮＥＷＳフルカウント」では、渋谷ハチ公前の街頭インタビューが生中継されている。二十代と思われるサラリーマン風の男性は、無事チケットが取れれば、自分も無観客ライブに参加してみたいと語った。普通のライブだと楽曲はもちろんのこと、ノリなども勉強して行かなければならないが、無観客であれば知る必要もないし、そもそも好きになる必要すらない。こういう人間に届いてこその社会現象だ。一方、「ｎｅｗｓ∞」では、ハネダ↑アガリの独占インタビューが放送されている。インタビュアーはもちろん、あのアイドル上がりの人気キャスターだ。

「ライブ会場に行ってしまう観客って、せっかくのプレミアをただ一方的に享受しているだけなんです。そうやって馬鹿正直にプレミアに向き合ってしまうから、たとえどんなコアなファンでも、ただの観客としてライブ会場に存在するだけになってしまう。大事なのは同じ方角を向くこと。ちゃんとプレミアと同じ方角を向いて、無観客として会場の外からライブに関わることで、自らがそのプレミアの一部になれる」

「プレミアの向きを見極めることが重要なんですね」

「そうです。さらに、無観客ライブに付いたプレミアは、どんなに無くそうとしても無くなりません。だって初めから無いから。そして、無観客ライブにおいて何より重要なのは、ちゃんとそこに【無観客】がいるかどうかなんです」

「無観客が……いる……。では一体何が、そうまでしてライマニやハネダさんを無観客ライブへと向かわせたのでしょう」

「コロナですね」

「新型コロナウイルスのことですね」

「考えようによっちゃアレだってある意味プレミアですよね。世界中で一斉に感染者数が増えて、あんな数字の動きは初めて見た。そしてワクチン、リモートワークといった新たな流行を生み出す一方で、マスク、消毒液などの、それまでプレミアからかけ離れていた物にまで価値を与えていったんです」

「まさか、ここでコロナとプレミアが結びつくとは」

「ロックダウンの時に感じた、あの独特の一体感がいまだに忘れられません。街から人が消えて、何もかも止まった。この状態を作り出すのに、逆にどれだけの人々のエネルギーが必要だったか。ライブカメラで無人の街を見ながらひとり興奮していました。それと同時に、これまであまりにもあり過ぎたことに気づいたんです。そもそも無観客ライブだって、コロナがなければここまで注目を集めていなかったはずです」

「あの、ちょっと凄すぎて、今、ついていくのに必死です」

「次に大きかったのはオリンピックですね。コロナ禍で賛否あったとはいえ、やっぱり自国で開催されるオリンピックは、エンタメ業界に携わる人間にとってかなり強烈でした。だってあの時期、すべてのプレミアがオリンピックに集まってたじゃないですか。そこにスポーツの力を借りてコロナ禍を乗り越えようとするドラマ性も加わった」

「はい。たしかに凄まじいエネルギーを感じたし、これがオリンピックかと思い知らされました」

「うん、ほんとヤバかったです。それは良くも悪くも。大会期間中、選手が競技前に聴いている曲が度々話題になったじゃないですか。それを見る度、日本の音楽業界の限界を感じたんですよね」

「限界……。それはどういったところで感じたんですか？」

「やっぱり、応援歌を作ってれば楽なんですよ。誰かじゃないあなたが誰よりあなた自身を知っているはずだからとか。まだ行けるだろ自分自身を超えてとか。栄光を摑むのはその手だとか。全部遠隔操作された言葉で、作者がそこにいない。やればできる系の無責任な歌詞って、自動販売機みたいにポンポン出てくるんですよ」

「遠隔操作された言葉、自動販売機みたいにポンポン……。さすが作詞を担当されているだけあって、例えも秀逸です」

「そんな無責任な応援歌に奮い立たされた選手が、今度は競技を通して国民に感動を与える。でもこっちはその感動の原材料を知ってしまっているっていうか」

「しかし選手が結果を出せる要因は決してそこだけではないと思います」

「もちろん選手の努力や才能あってこその結果です。だとしても、その感動に少なからず添加物が入っているのがわかってしまうともうダメで。それに比べれば、春にやたらと舞う桜の花びらや、辺り一面を真っ白に染め上げる雪なんてまだ可愛いもんなんですよ。あれはただの描写だから。一方で、応援歌は楽して相手の感情を動かそうとするから、本当にタチが悪い」

「やや話が逸れてしまっている気もするのですが、応援歌に対抗するのが無観客ライブということでしょうか」

「いやいや、話はここからです。それであれだけプレミアを集めまくったオリンピックの金メダリストともなれば、大会後、当然メディアにも引っ張りダコじゃないですか。それを見て絶望したんですよね」

「絶望？」

「信じられない程の重圧の中で圧倒的な力を発揮して結果を出す。とても同じ人類だとは思えない、限りなく神に近い存在。でもそんな彼らは、大会後、いち出演者としてあっさりメディアに組み込まれてしまうんですね。せっかく世界をぶち抜いたのに、くだらないバラエティ番組で激辛料理に挑戦したり、タレントに混ざって鬼ごっこをしたり、クイズ番組で早押しに挑戦したりしてる」

「なるほど。それ、わかるような気もします」

「だからやっぱり、どう考えてもロックダウンの時に感じたあの一体感なんです。何もいらない。もう絶対、無観客ライブしかないって」

　画面が切り替わり、CMが流れ出す。漫画の実写映画化作品でよく主演を務めている人気俳優が、恋人らしき女性とテーブルで向かい合っている。私が好きなんじゃなくて、私に付いてる価値が好きなんだよね。私はあなたにずっと利用されてた。別れよう。彼女は彼に、怒気をはらんだ声をぶつける。BGMが徐々に上がり、その後も次々に捲し立てる彼女の言葉をかき消していく。突如BGMが止み、彼は言い返す。愛したいから君だったんじゃない、君だから愛した。これは、ロリチケが新たに打ち出すキャンペーンのキャッチコピーだ。マッチングアプリに遅れを取ること数年、ついに転売アプリも地上波CMが解禁になった。これもエセケンが言っていた仕掛けの一つだろう。テレビを消した途端、部屋が静まり返る。

自分の息がうるさい。
〈ｎｅｗｓ∞ありがとうございました↑今の気持ちを正直に話せたんじゃないかなと思います↑↑見逃し配信もあるみたいです。こちらから　あとあのＣＭも最高でした↑
利用したいから君だったんじゃない、君だから利用した……笑〉
このメッセージを発するにあたり、ハネダはあえて【Rolling → Voice】を選んだ。長らく放置されていたライマニ公式アカウントからのこのやけに挑発的な投稿に、多くのコメントが寄せられた。
インタビューを見て無観客ライブがよりわからなくなった。でもハネダのカッコ良さはわかる。ロリチケのＣＭが見れて得をした。転売を推奨するようなインタビューを流すなんて世も末だ。ハネダとエセケンが明らかに揉めていて、この後が楽しみ。様々な意見を夢中で読みながら、無観客ライブに対する世間の関心が一気に高まっているのを感じる。気づけば二十五時になっていた。
「時刻は深夜一時を回りました。青春通学路⇔駅近徒歩5分の乗木《のりき》レルさん、お疲れ様でした。いやほんと、学生の頃から聴いてたこの「夜通しJAPAN」のパーソナリティをやらせてもらえるなんて夢のようです。うわ、これ、みんなが言うお決まりのやつだ。聴いてる時は、はいはいもういいよそのくだりって思ってたけど、いざこうやってブースの中でマイクを前にするとやっぱ言っちゃうな。いやほんとお前誰だよって感じなんですけど、まぁ世間では転売ヤーなんて呼ばれてます。今かなり話題になってるから、知っている人もいるんじゃないでしょうか。今日をきっかけに、皆さんにとって少しでも転売が身近なものになれば最高です。じゃあ、そろそろ行きますか。エセケンの、夜通しJAPAN」

お馴染みのテーマが流れ出し、彼が喋り出す。

「改めまして、エセケンこと得ノ瀬券です。このタイトルコールをする日が来るとは。転売ヤーって夢あるな。えー、この番組は【Rolling→Ticket】他各社の提供で新小岩のヒノマル放送をキーステーションにお送りします。そして【Rolling→Voice】のアプリでもスタジオの模様が生配信されていますので、ぜひそちらもご覧ください」

リスナーから送られてきたいかにも平凡なエピソードをエセケンが面白おかしく膨らませていくコーナー、「定価メールにプレミアを」をはじめ、番組はなかなか聴き応えがある。それでもリスナーの大半は、事前に告知されていた、エセケンからの重大発表を心待ちにしていた。番組開始から一時間以上が経ち、痺れを切らしたリスナーから一通のメールが届く。

「ラジオネーム、転売嫌ーさん、ありがとうございます。って嫌なのかよおい。転売は最高だぞ。はい。読みます。エセケンさん、放送楽しく聴かせて頂いてます。最初は緊張が伝わってきたけど、途中からどんどん馴れてきて、色んなエセケンさんが知れて嬉しいです。ところで、ライマニとはどうなってるんですか？　みんな気になってると思います。正直に教えてください」

読みながら、エセケンの声が鋭さを増す。数秒の間を空けて、彼が再び口を開く。そこからはもう止まらない。ライマニやハネダに対する糾弾がひとしきり続き、転売をここまで押し上げた自負、これからのエンタメに対する思いなどが涙ながらに語られていく。すでに番組開始から一時間二十分が経とうとしていた。そしてついに、はじめから無観客ライブに特化した音楽グループ、NOT PRESENtを【Rolling → Ticket】からデビューさせ、自らもメンバーとして活動することが、彼自身の口から発表された。ライブの開催日程はライマニと同日の十一月十一日、会場は豪徳寺第三体育館だ。さらに、ライブ当日メンバーがステージに立たないことが発表されるやいなや、生配信中の画面上は瞬く間に転の声で埋め尽くされた。

エセケン式　NOT PRESENt　無観客　夜通しJAPAN　ライマニ　ハネダ↑アガリ　跳多

豪徳寺　梅ヶ丘　同日開催　当日配信も無し

Xでもこれらの関連ワードが軒並みトレンドに上がっている。いよいよだ。十一月十一日を境に、この国におけるライブのあり方が変わろうとしている。それなのにいまいち実感が湧いてこないのは、結局のところ、無観客ライブをナメているからだ。いちバンドのフロントマンとして無観客ライブをナメている。これまでずっと自分を苦しめてきた音楽を、やっぱりまだ捨てきれなかった。さらには、そんな音楽によってもたらされる絶望そのものを信じている。それがとても苦しい。

【私たちが本当のエンタメを取り戻すために捨てるべき価値観について】

時刻は朝の六時。興奮で眠れず、ベッドの中でこれを書いています。昨日（っていうかついさっき）、音楽業界、いや、エンタメ界を揺るがす二つの事件がありました。まずはLIVE IS MONEYがRolling→Ticketから独立し、新たに個人事務所ＬＩＭを立ち上げ、十一月に国内初の無観客ライブを開催すると発表。その後、ラジオの生放送中に、Rolling→Ticketの代表である得ノ瀬券が、新たに無観客ライブ専門の音楽グループNOT PRESENtを作り、LIVE IS MONEYと同日に無観客ライブを開催すると発表。さらに、表向きには円満かと思われていたライマニの独立も、エセケンの話しぶりからすると……。もうこれ、とんでもないことです。当然ながら、このことへの反響は凄まじく、私自身もまだその混乱の中にいます。でも、でもですよ、ここで大事なことを思い出したんです。いやいや待って、ライブって本来「行く」ものだよなと。なんか今さら感ありますけど、だからこそ声を大にするのが音楽ライターの仕事だと信じて言います。アーティストは歌おう。弾こう。叩こう。踊ろう。そして、たまにミスろう。観客は笑おう。泣こう。拳を突き上げて、叫ぼう。ステージが近いだの遠いだので一喜一憂したり、欲しかったグッズが売り切れてたり、前の女がちゃんと髪をまとめてなくて最悪な気分になったり、ライブハウスにヒールで来るなよバカっていう怒りとセットになったあの足の甲の痛みと、むせかえるような人間のニオイと、汗ですべる皮膚の感触と、そんな不快感も根こそぎ持って行ってくれるあのライブならではの感動を、私は信じている。アーティストが発するすべて、ミスさえも余すことなく焼きつけよう。私はライブが好きだ。そしてきっと、あなたも。だから言いたい。

#ライブに行ってナニが悪い！

「行かない」の無限性に惹かれる気持ちはわかる。でも、ゼロにゼロを掛けてもゼロなんです。だったら行こう。絶対に行った方がいい。私に賭けてみてください。私は行く。行くをやめない。

絵萌井あお

早速【#ライブに行ってナニが悪い！】がトレンドになっており、そのハッシュタグの中でそれぞれのライブにまつわる思いが語られていく。しかし、無観客ライブに対する盛り上がりの前では、それも一つのスパイスに過ぎない。さらにこのハッシュタグ内で語られているのは、ほとんどがVTuberのライブについてで、これまで最も無観客ライブに近かったVTuberのファンほど有観客にこだわるというのが、なんとも皮肉に思えた。無観客ライブ関連のネットニュースをスクロールしながら、肝心なチケットの販売方法がまだ発表されていないことに気がつく。ライマニ側もエセケン側も、昨日の発表では一切そのことに触れていなかった。改めて公式サイトを見ても、やはり何の情報もない。しかしそれさえも盛り上げに一役買っているようで、チケットの発売日、値段、先行予約の種類など、ネット上が予想や考察で賑わっている。こうなると転売ヤー側も黙ってはいない。YouTubeなどにあげた動画内で、無観客ライブについてそれぞれの思いや戦略を熱く語る転売ヤーたちの様子は、さながら政見放送だ。そしてこれまで何となく当落線上にいた転売ヤーこそ、その真価が問われることになる。無観客ライブの開催は、そうした転売ヤーたちにとって、ピンチでもあるのだ。

午前八時、新たにニュースが飛び込んできた。

【Rolling → Ticket】所属の転売ヤーが大量に引き抜かれたのだ。彼らの移籍先はもちろんLIVE IS MONEYが新たに立ち上げた【ＬＩＭ】で、このことからも、独立に向けて入念な準備がされていたとわかる。この転売ヤーの引き抜きが原因で、ライマニがテレビ局を出禁になったという噂が流れたり、エセケンが風俗まがいの新ビジネスを始めたという情報がハネダから週刊誌にリークされたりと、二人の対立はいよいよ本格化していった。

「うん、それなんだけど、半分嘘で、半分本当なんだよね」

エセケンの声は思ったより元気そうだ。聞けば、閉店したライブハウスの居抜き物件がタイミング良く見つかったため、これからそこで関係者向けのライブを開催していくことにしたという。でも、そのことと風俗まがいの新ビジネスに何の関係があるのか、いまいち要領を得ない。

「近々レセプションライブがあるから、とりあえず来てよ」

それから何を聞いても、のらりくらりかわされるばかりでハネダの話題も出せないどころか、NOT PRESENtの今後の活動についてさえ触れづらい雰囲気だ。表向きは平静を装っていても、会話の端々から、ハネダがエセケンに与えたダメージが見て取れる。ライブに行く約束をし、電話を切った。今確実に、エセケンという存在のプレミアが下がり始めている。

下北沢の、茶沢通りから一本入った住宅街の地下に、そのライブハウスはある。立て看板などは無いが、建物の前で関係者らしき数人の若い男が立ち話をしていて、その雰囲気が看板より看板らしい。奥にある階段を降りて受付に向かう。壁を埋め尽くすポスターはどれも日に焼けて破れている。その中に、まだ売れる前のライマニが出演したイベントのチラシを見つけた。今から約四年前の開催で、彼らはオープニングアクトとして出演している。

「お疲れ様。ツアー中で忙しいのにありがとうね」

受付の横に立っていたエセケンが握手を求めてきた。あの日以来の握手だ。やっぱりそれは紛れもない転売の手で、少し安心した。開演までまだしばらく時間があり、エセケンと立ち話をする。このライブハウスは主に無観客ライブ肯定派の業界関係者向けに営業していて、そのことから、一部で風俗まがいの新ビジネスと言われているらしかった。世間でもこれだけ無観客ライブへの関心が高まっていれば、関係者は、今後表立って有観客ライブへは行きづらくなる。そのことを見越して、業界関係者がお忍びでライブを観られるライブハウスを作った。ゆくゆくは無観客ライブを行うような大物アーティストのブッキングも視野に入れているという。あくまでも、アーティスト側がたまたまライブハウスで無観客ライブをしているところに偶然観客が居合わせてしまった、というその設定が漏れ伝わって、風俗まがいの新ビジネスという噂が立った。開演時間になり、重たい扉を開けてエセケンと中に入る。客入りはまばらなのに、フロア内は業界関係者が放つ、あのどこか鼻につく気配でむせ返るようだ。客電が落ち、ステージ下手の扉からバンドメンバーが出てくる。見覚えのあるメンバーがそれぞれ位置に着き、最後にボーカルがステージ中央でエレキギターを構えた。馬田だ。やがて、渋谷のライブハウスで観たいつかのライブと同じように、平凡な曲を平凡な声で歌い始める。人が演奏する生音がフロアに響き渡り、低音がドンと内臓を叩く。それなのに観客の反応は鈍い。やや離れた場所で気怠げに体を揺らすエセケンの表情を、彼が操作するスマートフォンの明かりがぼうっと照らし出す。

「ありがとうございます。皆さん、【Club → Rolling's】のレセプションライブへようこそ。こんな特別なステージに立たせてもらえるなんて夢みたいです。無観客も良いけど、やっぱり生だなって思わせたくて、死ぬ気でやってます。これが人間です。音源も良いけど、やっぱ人間でしょ。空っぽになるまで出し切るから、全身で浴びてくれ」

馬田の絶叫は誰にもキャッチされることなく、フロアの真ん中にポトリと落ちた。静まりかえったフロアを見て、ドラマーが慌ててカウントを出す。演奏が始まり、泳いだ目の馬田が歌い出す。計七曲の演奏を終え、バンドは逃げるようにステージを後にした。ライブ終了後、エセケンから皆にシャンパンがふるまわれた。フロアのあちこちでグラス同士がぶつかる音がする。

「あいつらクソっすわ。ろくにライブも観たことないくせに、こんな時だけ流行に乗ろうとしやがって。金で買われるってこんな気分なんだって、よくわかりましたわ」

グラスのシャンパンを一気に呷《あお》ってから、馬田が低く吐き捨てた。彼の怒りはなかなか収まらない。バンドメンバーの制止を振り払い、次々グラスを空にしていく。それでもエセケンが通りかかると、途端にニコニコ愛想良くし出して、まだプレミアを完全には諦めきれない様子だ。馬田の気持ちが痛いほどわかる。その時、完全に弛み切ったフロアの空気を、鋭い絶叫が破った。

「マジで終わった。ホント意味わかんないんだけど。これ完全にエセケンさんのせいだから、ちゃんと責任とってよ」

カップル系転売ヤー〈ウリ☆モリ〉のモリが、地べたに座り込んで泣いている。同じくカップル系転売ヤーである、〈売倍×カンガルー〉京ちゃんの胸に顔を埋め、嗚咽を漏らす。

騒々しかった会場は一瞬で静まりかえり、皆の視線が一斉にエセケンに向けられた。

「今ここで謝るのは簡単だけど、それだけはできない。なぜなら、俺は俺の価値を下げるわけにはいかないから。ウリが【ＬＩＭ】に行ったのは残念だけど、これはある意味チャンスなんじゃないかって思ってる。何より、モリがここに残ってくれて本当に嬉しかった。だから去る者は追わないし、残ったメンバーでも十分に無観客をやれるって信じてる」

穏やかな笑みを浮かべたエセケンの手が、まっすぐモリに差し伸べられる。あの手だ。モリは転売の手をそっと握り返す。やがて立ち上がった彼女は、力強く涙をぬぐった。一気に感動的な空気が流れた。熱気を取り戻したフロアの隅で、今度は馬田が泣いている。

引き抜きは日ごと勢いを増していき、それから四組のカップル系転売ヤーが破局した。元【Rolling → Ticket】所属の転売ヤーだけでなく、新たにオーディションを勝ち抜いて【ＬＩＭ】所属となった転売ヤーを合わせると、両者の力の差はもうほとんど無いに等しい。それなのに、チケットに関する詳細だけが一向に発表されないのはなぜか。そのことが次第に転売ヤーたちを追い詰めていった。彼らはモチベーションを保つのに必死で、中には御法度《ごはっと》とされているグッズや音源の転売に手を染める者もいた。エセケンもハネダも、無観客ライブの開催発表を機に、所属転売ヤーにグッズや音源など、ライブチケット以外の転売を改めて完全に禁止した。それなのに、ライブ会場で販売されているオリジナルグッズや、特典付き初回限定盤の転売が後を絶たない。ひとたびグッズの転売がバレれば、周りから徹底的に蔑まれ、自らの居場所も失いかねないというのに。こうして真っ二つに裂かれながら、痛みと引き換えに、音楽業界が大きく変わろうとしていた。でも、自分にはまだその痛みが感じられず、それこそが痛い。

その日は都内のレコーディングスタジオで、NOT PRESENt のデビュー曲の歌入れがあった。この日の為に、GiCCHO の活動そっちのけで作った勝負曲だ。事前にデモを送り、スタジオミュージシャンによってオケも完璧に仕上がっていた。コントロールルームのソファーに座り、エセケン、レコーディングエンジニア、そのアシスタントらと和やかに談笑しながら、気持ちがどんどん高まってくるのを感じる。今、音楽をしてると思った。

狭いブース内でマイクの前に立つ。あとは歌うだけだ。ヘッドフォン越しにエンジニアが合図を出し、四小節前からクリックが流れる間に、呼吸を整える。イントロが終わり、歌う。

それなのに、声は筋肉に飲み込まれて詰まる。まただ。反射的に左の拳で首を叩いた。鈍い音はすぐに痛みになる。一旦止めてもらい、やり直す。歌う。声が筋肉に飲まれる。さらに首を叩く。鈍い音がして、首が痛む。歌う。声が飲まれる。叩く。痛い。叫ぶ。叫んだら声が破れて、喉が鉄臭くなる。歌う。やっぱり声が飲まれる。キツく拳を握り、構える。こんなに痛いのに、ポケットをたたくとビスケットはふたつというあの陽気なメロディーが、さっきから頭の中に流れていた。

「以内君、全然大丈夫よ。だってこの曲、難しそうだもんね」

エセケンが定価の声で言う。ヘッドフォン越しに、うっすら笑い声が聞こえる。肩で息をしながら、ろくに歌えもしないくせに、音楽をしてるなどと思ったのを恥じた。それから何度か挑戦したけれど、結局歌えず、曲のリリースはあえてしないことになった。今の自分には無観客しかないのに、ついそれを忘れてしまう。ブースの小窓から、エセケンが何か喋っているのが見える。やけに神妙な面持ちだ。コントロールルームからのトークバックがないため、それが何かはわからない。自分はこのプロジェクトから外されるのではないかという不安がよぎった。いくら無観客とはいえ、歌も歌えないボーカリストに価値がないことなど、自分が一番よくわかっている。そんなことを考えているうちに、今度はヘッドフォンから自分の声が流れてきた。さっき録ったばかりの残念な歌唱が、何度も何度もくり返し再生される。

「めちゃくちゃマニアックなこと思いついちゃってさ。さっき以内君が歌ってたテイク、せっかくだから使えないかなと思って。おいしい所を繋げて、その声の波形通りにチケットの値段を動かす。これどう？」

「波形で？」

「そうそう。途中で急に叫んだでしょう。あれで閃いちゃって。そこをちょうどプレミアのハイライトにしたいと思ってる。曲のリリースはしないけど、ちゃんとレコーディングはした。要は、チケットに付くプレミア自体が作品になるってこと。これかなり画期的だと思うよ」

　コントロールルームの興奮がヘッドフォンを通して伝わってくる。恥ずかしさや不安はもうどこかへ吹き飛んでいた。

「それぞれが買ったチケットの波形をＮＦＴにして配付したり、後でその部分を音として再生できるシステムを作っても良いかもしれませんね」

「それやばい。さすが以内君。こんなのまだ誰もやってないよ。それでチケットの発売日だけど、九月二十六日でいくから」

驚きのあまり、えっと大声を上げれば、今のも使えそうだったから録っとけばよかった、とエセケンが笑う。そしてヘッドフォンからは、今コントロールルームに流れているとてもプレミアムな空気の音が聴こえてくる。そのどこかヤケクソな幸福の気配に、そっと耳を澄ませた。

〈エセケン氏、無観客ライブのチケット発売日を発表。芸能界からも反応続々〉

〈これぞ聴ける転売！　声の波形に合わせて価格が変動。チケット自体が楽曲に！〉

〈ついに来た……しかも想像の斜め上行ってた……エセケン恐るべし……でも波形とか音とか……まだよくわかってない人です……教えて偉い人……で、ライマニはいつ発売するの……〉

〈I wanna go to NOT PRESENt's concert so bad. I can't wait to see them in the US. I will get their ticket by any means.〉

〈国内初の無観客ってだけでもかなり大変なのに、こんなシステム作っちゃうんだもんな。そもそもまったくの新人で無観客ってちょっと冷めた目で見てたけど、こんなこと考えてたとはね。さすがにエセケンという人を認めざるを得ない。やっぱ所詮バンドマンのハネダと

は格が違うか。やるからには、こっちも転売人生賭けて売りますよ〉
チケット発売日が発表された途端、メディアやファンのみならず、それまでエセケンに不信感を抱いていた転売ヤーまでもが一斉に手のひらを返した。そしてこちらの予想通り、声の波形によって価格が変動するというシステムには大変な注目が集まった。すると今度は、いまだチケット発売日を発表していないライマニへの風当たりが強まってくる。ここへ来て一気にエセケンがハネダを突き放したといえる。NOT PRESENtへの追い風はなおもやまない。なかでも、アメリカで絶大な人気を誇る転売ヤー、ドナ・カートンがInstagramのストーリーズでNOT PRESENtのライブ情報をシェアしたのには驚いた。それがきっかけとなり、このユニークな施策は海外でも注目を集めた。あまりの反響の大きさにすっかり舞い上がってしまい、自分がこのグループのフロントマンだと誰かに知らせたくて仕方ない。その気持ちを、今度は、自分こそがこのグループのフロントマンなのだという責任感で抑えこむ。まず転売ヤー限定最速先行抽選が行われ、その次のオフィシャル先行抽選への応募総数は、海外勢も含めると七十万を超えた。九月二十六日、午前十時、勝ちを確信したままプレイガイドのページを開く。僅かな一般発売分と、全国の映画館で行われるライブビューイング分も合わせて、約八万七千枚のチケットが一瞬で売り切れた。そのプレミアムチケットは【Rolling→

【Ticket】所属の転売ヤーですら入手困難で、今度は運良くチケットを手に入れたファンが、転売ヤーに転売するという逆転現象まで引き起こしていた。あいつはいつもこんな思いをしていたのかと、さらにハネダが憎らしくなる。でも、彼にだってここまでの経験はないだろう。いまだかつてないプレミアの勢いに飲み込まれそうになりながら、自分がそのプレミアの中心にいるという事実に酔いしれた。

さらにチケット購入者にはプレミアのNFT、つまりは楽曲の波形を収録したデジタルデータが配付され、これをきっかけに新たな動きが広まっていった。チケット購入者がこのデータを元に、様々な音の羅列を組み替え、オリジナル楽曲をYouTubeにアップロードし始めたのだ。それぞれが正解を知らないうえ、バラバラになった音を自由に組み合わせることができるため、楽曲は無限に増え続けた。この動きはやがて著名なアーティストたちも巻き込んで、ついにはこのチケットデータを元にしたオリジナル楽曲が様々なチャートにランクインするまでになり、いよいよ怖くなってくる。エセケンからも「なんかチケットめっちゃバズってるね笑」というメッセージが届いた。思うように歌えない自分の叫びが、転売を通してやっと音楽になった。今まさにプレミアで歌っている。アップロードされた楽曲を、片っ端から夢中で聴く。それがただ歪《いびつ》な音の羅列だとしても、プレミアさえ付いていれば作品になる。あまりに圧倒的で、この感動は声にならない。

【これぞ展売！　売るも売ったり買うも買ったり、いやでもちょっと待てよと思ったり。】

みなさん、どうも私です（我ながらウザい）。巷では大変な騒ぎですね。何だかいっぱい船が集まってきちゃってる（いやいやそれ港だから。昔、間違えて読んだことあります。やっぱりウザい笑）。冗談はさておき、我らがエセケン率いるNOT PRESENt、初の無観客ライブのチケットが、ヤバいことになってます。これ本当に革命的なことで、転売されながら変動する価格をそのまま音にして聴けるって、人生何周目だったらこんなこと思いつくんですか？　これまで音楽を転売していたのが、ついに転売を音楽してる。うん、これぞ展売ですよ。エセケン恐るべし。これ、NFTをうまく使ってるところもポイントですよね。これによってチケットの所有者は抵抗なく波形データをネット上にアップロードできるから、チケットを持っていない人でも、楽曲制作を通してこのお祭りに参加できるんです。たった一本のライブから無数の楽曲が生まれるなんてヤバくないですか。この施策はさっそく海外でも話題になっていて、あのティナ・ウィンストンが、次の無観客ライブのチケット購入者特典として、このシステムを採用することが既に発表されています。そんな、今や向かうところ敵なし状態のエセケンさんに、私、立ち向かっちゃおうと思います。さあ、このDMをご覧あれ。

はじめまして。

【Rolling→Ticket】代表の得ノ瀬券と申します。突然で恐縮ですが、我々NOT PRESENtは十一月十一日、豪徳寺第三体育館にて初の無観客ライブを行います。つきましてはそのライブに、スペシャルライブレポーターとして絵萌井あお様をご招待させて頂きたく、ご連絡差し上げました。私はかねてより、鮮やかに音を捕まえる、絵萌井様の切れ味鋭い文章の大ファンです(人生エモエモも毎週欠かさず拝聴しております)。

何よりもまず、絵萌井様に会場の熱を肌で感じて頂きたいです。そして新たな伝説の始まりを、その言葉で世界に焼き付けてください。

ギャラ等は追ってご相談させて頂ければと思います。ご検討のほど、何卒よろしくお願いいたします。#無観客ライブに行ってナニが悪い!

Rolling→Ticket / NOT PRESENt 得ノ瀬券

こんなＤＭが数日前に送られてきたんです。これ、私を会場に入れた時点で無観客ではなくなると思うんですけど、その辺は大丈夫なんですかねエセケンさん。なんなら私には人権がないってことでしょうか。それはそれで大問題。まあとにかく私の存在が気になるんでしょう。ホント小さい男です。

たとえどんなにプレミアを付けようと、決して定価は消えない。

11月11日、私は会場に行く。スペシャルライブレポーターとしてではなく、人間として、一人の観客として。だからチケット譲ってください。もちろん定価で。絶対に定価で。私は人間だ。人間を舐めるな。だから行こう。あなたもせっかくチケットを持っているのなら、ライブに行くべきだ。ライブに行こう。#ライブに行ってナニが悪い！

絵萌井あお

依然として圧倒的NOT PRESENt優勢のまま、刻々と十一月十一日が迫っていた。しかし、十月十日、絵萌井のこの告発によって状況が一変する。

〈エセケン終わってる。あれだけ偉そうなこと言っときながら、裏では絵萌井さんに媚びてたんだ。ていうか無観客ライブを有観客にしちゃう絵萌井さん強過ぎでしょ。もう一生つい

てく。そして、ライブに行く。#ライブに行ってナニが悪い！〉

〈うわーこれはちょっと、どうせなら堂々とやって欲しかった感ある。それでもひくけど。何が無観客ライブだよ。やっぱライブって行くもんだよね。とりあえずエセケン本人の口から何が聞けるか楽しみ〉

〈エセケンうそだろ。せっかくチケット手に入れたのに。あんなの絵萠井が勝手にやってるだけだろ。ＤＭも偽造。そうだよなエセケン。行かない。俺は絶対行かない〉

〈エセケンだんまりか……w絵萠井おばさん、エセケンにも勝っちゃうのか。最近ほんと勢いあるな。とにかくエセケンにはがっかり。ライブに行こう！　まぁチケット買えなかったんですけどね……w〉

瞬く間にエセケンへの批判が殺到する。しかし、この時点ではまだ多くのファンがエセケンを信じており、本人からの発信を求める声も多かった。きっと彼のことだ。この局面を乗り切るための、何か上手い返しをするに違いない。そう信じてファンは待っていた。

〈うん、これぞまさにエモい展開〉

告発から三日後、【Rolling→Voice】の方にひっそりと投稿されたエセケンのこの余計な一言は、燃えに燃えている自らにさらなる油を注いだ。そしてそのことが、このところ肩身の狭い思いをしていたライマニファンを大いに喜ばせた。さらに追い打ちをかけるかのごとく、Xがサードパーティー製アプリを全面的に排除する方針であるというニュースが飛び込んでくる。これにより【Rolling → Voice】の登録者が徐々に減りはじめるなど、NOT PRESENtは一気に苦境に立たされた。自分の中で完璧だったエセケン像が、少しずつ崩れていく。そして、これを待っていたかのように、LIVE IS MONEYが動き出した。

〈ライマニやっと来た。ハネダさん信じてた。しかも、無観客生配信フリーライブなんてやばいんだけど。てかエセケン別の意味でやばすぎ〉

〈ライマニ無観客生配信フリーライブ開催って何事？　しかもこの後って急すぎて行けない。ん？　行けない？　そもそも行かないんだから行けるってことか？　わからん、けどこのドキドキこそが無観客ライブ？　いやー、わからん。でもこの（ry〉

〈絵萌井の告発の破壊力に勝るとも劣らない重大発表　なんにせよ無観客生配信フリーライブとは考えたね〉

〈What ESEKEN did was unforgivable. So glad HANEDA decided to have a concert without audience so immidiately.〉

〈私はインドネシアでライマニをファンなんです♫私はきっとライブに行きますから、それ

ちゃんと買って行きたかった〉
〈NOT PRESENtっていうかエセケンだいぶ燃えてるけど、自業自得感、いくらなんでもあれはグロい、これはライマニの勝ちかな、でもあのフリーライブは微妙、やっぱり一発目はが楽しみですね〉

LIVE IS MONEYから、無観客生配信フリーライブの開催が発表された。さらに、このライブ中に、十一月十一日のライブチケットを販売するという。発表時点ですでに配信開始まで二時間を切っていたにもかかわらず、ピーク時で同接百八十万人を超えるなど、ライブは大盛況に終わった。ライブ終盤には、例のチケット購入者特典データで作った新曲まで披露され、やりたい放題だ。やはり英語のコメントも目立ち、この騒動が海外でも大きな関心を集めていることが窺える。もちろんチケットは即完売、ＳＮＳには初めて無観客配信ライブを観た感動を伝える投稿が溢れた。こんなのはコロナ禍に流行っていたただの無観客配信ライブと一緒じゃないか。このように至極真っ当な意見を口にするのも憚られるほど、もう皆が引くに引けなくなっていた。その間、何度もエセケンに連絡をした。あんなものは裏切りでも何でもない。ここからいくらでも取り返せる。まずは動きだして、そこから徐々に立て直していけばいい。そして、こんな時だからこそ直接会って話すべきだとくり返し伝えた。何かと理由をつけて会いたがらない彼からの返事はすぐに滞るようになり、やがて完全に途絶えた。それにしても、なぜたったあれだけのことでこうも塞ぎ込んでしまうのかがわからない。あれだけあったプレミアももう底をつき、エセケンとの関係も切れつつある。最初からない分には気にならないのに、一度手にしてしまったプレミアの感触がどうしても忘れられない。

そんな中〈ライマニの無観客ライブ～有観客ライブにしてみた～〉という一本の動画がYouTubeで公開され、ライブ参加者たちを騒然とさせる。登録者〇人の捨てチャンネルで三本立て続けに公開されたのは、どれも二分に満たない、似たような動画だ。Xでもたった数分で大量にリポストされている。キョロキョロと落ち着きのないカメラが、会場であるMAPP日暮里の二階席後方から、ステージ上と無人のフロアを映し出す。音割れが激しく、かえってそれが生々しい。動画の撮影者はすぐに特定され大炎上、〈ライブ観客男〉として翌日の朝刊にまで載った。

【LIVE IS MONEYからの大切なお知らせ】

みなさん、こんにちは。まずは先日の無観客生配信フリーライブに参加してくださった方に、この場を借りて御礼申し上げます。

ただ、ご存じの方も多いと思いますが、とても残念な結果になってしまいました。言い訳はしません。これは間違いなくアーティスト側の責任です。あのライブ会場に観客を入れてしまったこと、何より、あのライブ会場に行こうと思わせてしまったことが情けないです。ステージに立つ人間として、恥ずかしくて怒りが湧いてくる。今も満員の人で埋め尽くされた客席のイメージが頭から離れません。これは悪夢以外の何ものでもない。

しかし、ありがたいことにチケットは完売、今も順調にプレミアを付けています。俯いている暇はない。顔を上げ、前を向いていかなければいけない。今回のことを糧にして、来月の無観客ライブ本番までに、必ず一回り成長した姿をお見せすることを約束いたします。

さらに、決意表明として、当日のライブ会場を追加いたします。町屋公会堂、パブリックシアター上野駅前、千世アキハバラ、お茶の水チャイルディッシュホール、後楽園「楽園」、飯田橋サニーロード、神楽坂ムーンリバー、以上が追加会場となります。チケットは急遽この後二十時より、各プレイガイドにて発売予定です。十一月十一日、梅ヶ丘でみなさんに会えないと信じています。

LIVE IS MONEY Vo.g／【ＬＩＭ】代表　ハネダ↑アガリ

このステートメントは多くのファンの胸を打ち、追加分のチケットも即完売した。ちゃんと金を払ってプレミアの付いたチケットを手に入れてこその無観客ライブだ。ファンたちは自らにそう言い聞かせるように、ＳＮＳを通じて互いに発信し合い、バラバラになりかけていた心を再び一つにした。気になる〈ライブ観客男〉の正体は、真っ先にエセケンの関係者が疑われたが、ここで意外な事実が判明する。無観客生配信フリーライブは、あくまで梅ヶ丘アリーナのライブチケットを売ることを目的とした宣伝だった。そして、その宣伝をさらに効果的なものにする為にハネダが仕込んだのが〈ライブ観客男〉だ。いくら宣伝とはいえ、十一月の本番を前に、せっかくの無観客ライブをタダ見せするわけにはいかない。そこで〈ライブ観客男〉の出番というわけだ。彼が会場に侵入すれば、無観客ライブはたちまち有観客ライブとなる。そればかりか、何者かによってライブがぶち壊されることでかえってファンが団結し、次こそはと梅ヶ丘アリーナへのモチベーションも上がる。そうしたハネダの目論見を、動画撮影者自身が涙ながらに告白した。動画の公開以降止まない誹謗中傷、中でも度を超した殺害予告は自身のみならず家族にまで及んでいると、〈ライブ観客男〉が嗚咽混じりに訴える。ひとしきり泣くと気が済んだのか、それからハネダへの恨みを延々とぶちまけ続けた。エセケンの炎上の鎮火を待たずして、今度はハネダが燃えている。NOT

PRESENtとしてはここで一気に動きを出したいところだが、当のエセケンがあんな調子ではとても話にならない。この騒動は連日メディアで取り上げられ、戸惑うファンや両陣営の転売ヤーたちを置き去りに、チケットのプレミアだけが上がり続けた。かつて歌だったものは、今や制御の利かない叫びとなって、ハウリングを起こしている。

エセケンと連絡が取れなくなってから一週間が過ぎた。電話、Messenger、メール、XやInstagramのDM、ありとあらゆる手段を使っても繋がらない。そこで、以前未発表CD-Rを出品したフリマアプリを通して、エセケンからメッセージを受け取ったことを思い出す。すぐにアプリを起動し、ページを開いたが、すでにアカウントごと削除済みだ。もちろん住所も知らないので、彼が連絡をしてこない限り、これで一切の繋がりが絶たれたことになる。ハネダも相変わらず燃え続けており、あの日以来SNSの更新も途絶えている。事態がより混沌とする中、転売ヤーたちが動き出した。高いプレミアが付いているチケットを突然タダ同然で売り出す転売ヤーが続出したのだ。転売ヤーにとって、定価割れほどの苦しみはない。すなわちこれは一種の自傷行為であり、生を実感するために手首を切るような感覚で、その苦しみと引き換えにプレミアを実感するのだという。馬鹿らしく思いつつも、エセケンと連絡が取れない今なら、その気持ちが痛いほどわかる。それでもなお、二人はまだ沈黙を貫いたままだ。

〈もうこれ以上信用できないな。黙っててもわからないから、とりあえず何か発信してくれ。エセケンという人のメッキがどんどん剝がれていくのは見ていて辛い〉

〈ライブはやるんだよね　そこが一番心配　これでギリギリになって中止とかありえないし、チケット取った身にもなってよ　ハネダもエセケンも　最悪、開催するかどうかだけでも発表してファンを安心させてほしい〉

〈メンヘラ転売ヤーが叩き売りし出してるせいでもうめちゃめちゃやな。最初から無観客ライブに興味ないようなバカがいっぱい入って来てめちゃくちゃやってるし。何かあったらエセケンがぜんぶ責任取るって認識であってる？　そもそも無観客に対する熱なんかもうとっくに冷めてるんよな〉

十一月に入っても続報はないまま、チケットだけが活発に動き続けている。見た瞬間目玉が飛び出そうになるほど高額なチケットがあれば、定価を遥かに下回る詐欺みたいなチケットもあった。自傷転売によって安価でチケットを手に入れた人間がいたずらにチケットの価格を上げ下げして遊んでいる。そのせいでプレミアがブレて、ブレミアなどと揶揄されたりしているのには我慢ならない。エセケンさえいれば簡単にプレミアを取り戻せるのに。それでも、今の自分にはどうすることもできなかった。

【譲】【譲】【譲】【譲】【譲】【譲】【譲】
【求】【求】【求】【求】【求】【求】【求】

いまだライブについての詳細が発表されていないことで疑心暗鬼に陥ったファンたちがどんどんチケットを手放し、元々チケットを持っていなかったファンがそれを買う。こうなるともう収拾がつかず、行き場をなくしたプレミアはひたすら膨張と収縮をくり返しながら、いつ爆発してもおかしくない状態だった。

無観客ライブの開催日まで一週間を切り、新たに不可解な動きがあった。NOT PRESENt側の転売ヤーはLIVE IS MONEYのファンにNOT PRESENtのチケットを、LIVE IS MONEY側の転売ヤーはNOT PRESENtのファンにLIVE IS MONEYのチケットを、それぞれ転売し始めたのだ。これを受けてメディアは、〈対立していたエセケンとハネダが再び手を組み、それに共鳴した転売ヤーとファンが一丸となって、奪われたプレミアを取り戻そうとしている。これぞまさに、血の入れ替えならぬ、値の入れ替え〉などと、真っ先に美談に仕立て上げようとした。まるで何かを隠すかのように。この件については他にも様々な説があったが、どれも信憑性に欠ける。もしかしたら裏でエセケンが糸を引いているのかもしれない。そんな望みもまだ捨てきれないでいた。しかし、事実それ以降、正しい転売の波のようなものが生まれ、プレミアも元に戻りつつあった。そしてこれを境に、エセケンやハネダのみならず、絵萌井や有名転売ヤーたちまでもが一斉に沈黙した。

〈以内さん大丈夫かな〉

以前から気になっていたアカウントの新たな投稿が目にとまる。フォローしているのはGiCCHO関連のアカウントのみでフォロワーはゼロ、投稿もすべて以内右手に関するものだ。歌ってもいないのに、一体何を心配されているのだろう。もしこのまま音楽をやめたとしても、生きている限り心配され続けるのだろうか。誰かの心配をする為に生きているようなこの人物が、とても心配だ。そして何より気味が悪い。過去の投稿を遡って、この人物の正体を突き止めようとする。しかし極めて定価的なその文章からは、一切の手がかりが摑めない。エセケンともまだ連絡が取れず、不安ばかりが募る。自分はエセケンに切り捨てられたのだ。

そう認めてしまえば楽になれるかもしれない。でも、自分の中に溜め込んだエセケンへのプレミアが邪魔をする。着信を知らせるスマートフォンの振動に、体が小さく跳ねた。エセケンか、と思ったのもつかの間、見るとマネージャーからだった。なんと十一月十一日に、下北沢【Club → Rolling's】にてGiCCHOのライブが決まったという。業界内でも話題のため、ブッキングするのに相当苦労したらしく、必死に頼み込み、この日であればとどうにかねじ込んでもらえたのだそうだ。世間が無観客ライブで沸く中、有観客ライブをして何の意味があるのか。さらに東京でのツアーファイナルも控えているというのに。そう食い下がるも、そこから無観客ライブに繋げていきたいと、珍しくマネージャーは一歩も引かない。自分がその無観客ライブの出演者であることなど、とても言い出せる状況ではなかった。いっそここですべてバラしてしまおうかとも思ったが、すぐに当のエセケンと連絡が取れていないことを思い出し、踏みとどまる。それに当日会場に行く必要もないので、断る理由がなかった。何より、まだ自分のどこかに音楽が残っている。

十一月十一日、いよいよ無観客ライブ当日を迎えた。思いのほか落ち着いているのは、前日の夜からスマートフォンの電源を切り、余計な情報を遮断した効果か。そのまま電源を入れず、昼過ぎまで過ごす。午後二時過ぎに家を出て、下北沢へ向かう。小田急線は、駅の改札もホームも車内も、すべて人でごった返している。運行ダイヤも乱れ大幅な遅れが出ていたため、仕方なく改札まで引き返す。スマートフォンの電源を入れる。マネージャーからの大量の不在着信に驚き、それからネットニュースを見てようやく状況を把握した。無観客ライブにもかかわらず、それぞれのファンが続々と会場付近に集まってきているという。タクシーを拾おうとするもまったく見当たらず、配車アプリも一切機能していない。急遽マネージャーが各メンバーを車で拾い、そこから会場へ向かった。狭い道では会場へ向かうファンと会場から引き返すファンがぶつかり合い、そこら中に怒声が響いている。下北沢の街は閑散としていて、こんなにも近いのに、SNSで流れてくる梅ヶ丘と豪徳寺の様子とはまるで別世界だ。やっと会場に着いたのが午後六時過ぎ。リハーサル無しで本番を迎えることとなった。

〈チケットないのにノリで来ちゃったけど、こんなことになってるの知らなくてめちゃくちゃ後悔してる。何が無観客だよ。これじゃただの嘘じゃん。エセケンもハネダもさ、、これだから転売ヤーは。早く帰りたい〉

〈せっかくチケット買ったし、どんな感じか気になって来てみたら地獄だ笑　会場近いから後で豪徳寺にも行ってみようと思ってたけど、群衆に流されてまさかの今、豪徳寺笑　逆パターンの人も結構いるみたいで、もうカオス笑〉

〈絵萌井のせいでしょ。あの人があんなこと言って煽ったりするから。そもそもエセケンになんの恨みがあってあんなことしてたの？　ていうかなんでチケット持ってない人が来てるの？　バカなの？〉

動画の中で、次から次へやって来る人に人が押し流され、ついに梅ヶ丘と豪徳寺が繋がる。それにしても異常な人数で、完全に街が機能不全に陥っていた。無観客を想定していたため、端から会場のキャパ以上のチケットを売っていたのに加え、チケットを持たない野次馬も多くいるに違いない。しんと静まり返った楽屋内に、メンバーそれぞれが見ている動画の音だけが流れている。刻一刻と開演時間が迫る中、さらに人が増え続けていた。道という道は塞がれ、あちこちで将棋倒しが起きているようだ。

〈やばい。人が。人が。みんなエセケンに殺されちゃう〉

〈おいあれ死人出るんじゃ。ハネダ、マジで責任取れ〉

〈豪徳寺、梅ヶ丘、地獄だなｗｗ　そもそもせっかくのライブなのに無観客とか、こいつら全員バカ過ぎだろｗｗ　ライマニ昔好きだったけど、離れて良かったｗｗ〉

〈警察も消防も入って来れないって。エセケン逃げたって噂本当なの？　絵萌井さんはどこ？〉

〈エセケンが大阪にいるって……関空から国外に逃げるつもりなのかも……誰か捕まえて！〉

〈フォロワーさんたちがさっきエセケンもハネダも絵萌井も会場入りするの見たらしい〉

〈もう無理。人が。助けて。人が。怖い。人が〉

ついにはそれぞれの会場入り口が暴徒化したファンによって破壊され、会場はあっという間に人で埋め尽くされた。拡散された動画からでも、会場内の異常な熱気が十分に伝わってくる。

皮肉にも、そこには演者はおろか、主催者さえいない。

開演時間になり、ステージへ上がった。フロアはガラガラで、マネージャーを含めた四人が適度な距離を保って立っている。SEの音量が絞られ、照明が落ちる。左肩に食い込んだギターのストラップが裏返っている。一曲目が始まる。歌い出しで声が詰まり、懐かしくなる。Bメロは上手く歌えたのに、またサビで詰まる。やっぱりギターのストラップが気になる。四人のうちの一人、女性がこっちを見ている。そもそもライブなんだから、一人しかこっちを見ていないのはおかしいだろと呆れる。彼女がポケットからスマートフォンを出して、指で操作しはじめる。まただ。書かれる。べつに恋人でも母親でもないのに、わざわざ金を払ってまで甲斐甲斐しく包み込むような態度でいられるのはなぜか。馬鹿だ。全部わかっているような顔で、神みたいな目を向けてくる。ただの観客でしかないのに、全部許そうと手を差し伸べ続ける。馬鹿だ。いつもこれが鬱陶しくて、でもかわいそうで仕方がなかった。でも、こいつは救いようのない人間だと同情しながら、その救いようのなさに救われてもいた。馬鹿だ。音楽は伝わり過ぎるから、メロディーに溶かしさえすれば足りない言葉が歌詞となってあっさりファンの胸を打ってしまうから、やっぱり信用ならない。馬鹿だ。すべてを終わらせるために、叫び出す。でも詰まる。叫ぶ。詰まる。また叫ぶ。詰まる。叫ぶ。馬鹿だ。声にならない声で声帯が焼けていく。それでも彼女は、その声に耳をすます。ファンをナメているのかと怒りながら、今すぐ会場を後にしてもおかしくないくらいなのに、目を輝かせてこちらを見つめてくる。馬鹿だ。彼女の口元から笑みが溢れた時、やっとわかった。思うように歌えず、どんなにプロとしてあるまじき姿を晒し続けようと、彼女は絶対にここから出ていかない。なぜなら彼女は、そのプロとしてあるまじき姿を観に来ているから。自分で作った歌さえ思うように歌えない、プロとしてあるまじきその姿こそ、彼女が求めているものなのだから。これまで自分が抱えてきた、プロとして満足のいくパフォーマンスができないという苦しみは、ただの思い上がりに過ぎなかったのだと、今ようやく気づいた。彼女が見たいものはプロがする価値ある失敗で、自分は、ステージ上でそれを見せ続けることのできる失敗のプロだった。プレミアに逃げようとする弱さも、恥ずかしさも、苦しさも。彼女にとってはそのすべてが表現だった。馬鹿はお前だと、今もじっとステージに向けられるあの目は、一切のプレミアが通用しない、定価の目だ。彼女がポケットからスマートフォンを出す。ライブハウスのフロアに、青白い光に照らされた、そのいかにも定価的な顔がぼうっと浮かび上がった。以内さん声大丈夫かな。これまでずっと自分を見てきたであろう彼女が、そんな目でこっちを見てる。

初出　「文學界」二〇二四年六月号

尾崎世界観
おざき・せかいかん
一九八四年、東京都生まれ。二〇〇一年結成のロックバンド「クリープハイプ」のヴォーカル・ギター。一二年、アルバム『死ぬまで一生愛されてると思ってたよ』でメジャーデビュー。一六年、初の小説『祐介』を書き下ろしで刊行。その後も執筆活動を続け、二〇年「母影」で第一六四回芥川賞候補作に選出される。他の著書に『苦汁200%』、『泣きたくなるほど嬉しい日々に』、『身のある話と、歯に詰まるワタシ』（対談集）、『私語と』（歌詞集）などがある。

転《てん》の声《こえ》

二〇二四年七月一〇日　第一刷発行
二〇二四年七月二十五日　第二刷発行

著　者　尾崎《おざき》世《せ》界観《かいかん》
発行者　花田朋子
発行所　株式会社　文藝春秋
〒一〇二―八〇〇八
東京都千代田区紀尾井町三―二三
電話　〇三―三二六五―一二一一

装　丁　寄藤文平・垣内晴（文平銀座）
印刷所　大日本印刷
製本所　加藤製本
DTP制作　ローヤル企画

ISBN 978-4-16-391882-2